KB022785

오늘도 당신이 궁금합니다.

모든 표기는 국립국어원의 규칙을 기본으로 하되, 일부 업계 용어, 단체명 등 더 널리 쓰이는 표현의 경우 이를 따랐습니다.

책에 소개된 사건 현황, 법률과 정책, 통계 수치 확인 기준은 2023년입니다.

장은교 지음

오늘도 당신이 궁금합니다.

넘어지면 서로를 일으키는 보통의 사람들

당신에게는 이야기가 있습니다.

세상을 바꾼,

나를 살린,

그리고 우리를 일으킨

그 이야기의

문이 열리길 기다립니다.

Prologue

문 앞에서

사람이라는 세계

봄이었다.

밖에서 급하게 기사를 마감해야 할 상황이 생겼다. 광화문에 있는 어느 카페로 뛰어갔다. 1층에서 주문을 하고 2층으로 올라갔다. 노트북 전원을 꽂을 수 있고, 테이블 다리가 흔들리지 않는 곳을 찾아 앉았다. 서둘러 써야 하는 상황이 즐겁진 않지만, 모래시계가 줄어들 때만 나오는 힘이 있다. 마감의 힘. 마감은 마감 시간이 한다. 기자 입력기*를 켜고 취재 노트를 폈다. 자, 쓰자. 시간이 없다. 다시 고치면 되니까 너무 공들이지 말고. 시간 안에 기사를 전송하는 것보다 더 중요한 것은 없다. 일단 한 문장을 쓰자. 지금은 하얀 모니터가 넓은 바다처럼 막막해 보이지만 첫 문장이 노가 되어 저어나갈 수 있다. 7매짜리 기사든 70매짜리 기사든, 모든 마감은 한 문장에서 시작된다. 집…중!

했어야 했는데 문득 카페 안에 있는 다른 사람들이 눈에 들어왔다. 다들 띄엄띄엄 앉아 있었고, 모두 할아버지로 보이는 이들이었다. 책을 보는 이도 있었고, 휴대폰을 만지작거리는 이도 있었다. 창밖을 멀리 보는 이, 음료가 입에 맞는지 연거푸 홀짝이는 이도 있었다. 평일 오전, 점심시간

* 언론사에서 쓰는 기사 작성 프로그램

까지는 시간이 아직 한참 남은 때였다. 아, 요즘 할아버지들은 탑골 공원이나 동묘가 아니라 카페에 계시는구나. 호기심이 생겼지만 사람 구경을 할 처지가 아니었다. 다시 노트북에 머리를 박고 이제는 정말 집중을…

하려는데 사람들이 움직이는 소리가 들렸다. 떨어져 앉아 있던 이들이 한자리로 모이고 있었다. 아마도, 비슷한 시간 이곳에서 몇 번 마주친 인연으로 낯을 익힌 모양이다. "거, 테이블 낭비하지 말고 함께 앉읍시다." 누군가 말했다. 노인들의 즉석 만남. 그리고 잠시 뒤, 통성명에 이어진 한마디가 들려왔다.

"쥐여, 소여?"

맙소사. 지금 기사가 중요한 게 아니다. 평일 오전 노인들이 공원이나 노인정, 기원이 아니라 와이파이가 빵빵 터지고 감성 힙합이 흘러나오는 카페에 모인다는 것만으로도 마음이 간지러워 죽겠는데, 띠로 나이를 묻는 저 (십이)간지가 나는 질문을 듣고 어떻게 마음을 빼앗기지 않을 수 있을까. 흥분과 놀라움에 쥐인지 소인지 모를 상대방의 대답을 놓쳤다. 아깝다. 기선 제압의 시간이 지나가고, 서로의 화려한 생애사가 뿜어져 나왔다. "내가 왕년에 말이야" 같은 촌스러운 후렴구는 붙지 않았다. 주문한 음료가 준비됐다는 진동 벨이 울렸지만 나는 내려갈 수 없었다. 귀가 점점 커졌다.

수습기자가 됐을 때 한 선배가 물었다.

"사람 만나는 거 좋아해?"

아마 그렇다고 대답했던 것 같다.

"근데 그거 알아? 기자가 돼서 사람 만나는 건 완전히 다른 거야. 매일 나를 싫다고 하는 사람들을 끊임없이 만나야 하거든."

알쏭달쏭했던 선배의 말은 맞았다. 경찰서 형사계 문을 들어설 때마다 "조용합니다(취재할 사건 없으니까 들어오지 말라는 얘기)"라는 거절의 말을, "안됩니다. 내가 그걸 댁한테 왜 얘기해줘야 하죠?(나도 모르게 '그건 그렇죠' 끄덕이다가 정신을 차리곤 했다)"라는 반박할 수 없는 거부의 말을, 분명히 여러 번 확인하고 썼는데도 상황이 불리해지자 "기사가 완전히 왜곡됐습니다. 나는 그런 말 한 적 없어요"라는 거짓의 말을 많이 들었다. 선배들이 취재는 다양한 각도에서 가급적 많이 듣고 확인해야 한다고 했는데, 나의 취재는 늘 부족했다. 정곡을 찌르는 날카로운 질문 같은 건 전화를 '받아주셔야' 가능하고, 전화를 어렵게 '받아주셨는데' 날카로운 질문을 하기는 어려웠다.

'지겹다, 사람. 사람들.'
'나도, 당신도 지긋지긋하다.'
그런 말을 달고 살기도 했다.

그런데도, 사람 때문에 계속 글을 쓸 수 있었다. 사건을 취재하는 것이 아니라 사람을 취재한다고 생각한 덕분에 수없이 거절당해도 다음 질문을, 다음 문장을 적어볼 수 있었다. 사람이 궁금해서.

정부, 기업, 시민단체, 학교처럼 쉽게 주어로 등장하는 어떤 '조직'보다 그 안에 있는 사람들의 얼굴이 궁금했다. 장애인, 성 소수자, 해직 노동자, 환자 등 무리로 뭉뚱그린 말이 아닌, 그 안에 있는 사람들의 일상이 궁금했다.

오전에 한 말을 오후에 뒤집는 정치인에게, 기상천외한 편법을 동원해 직원들을 내쫓는 사장에게, 어린 딸을 죽이려다 실패한 부모에게, 증거를 조작하고도 반성하지 않는 검사에게, 법조문을 멋대로 조합한 판결문으로 가해자와 피해자를 뒤바꾸는 판사에게 당신은 왜, 어떻게 그럴 수 있느냐고 묻고 싶었다.

화장실도 못 가고 의자도 없이 하루 열 시간을 일하는 마트 직원에게, 자식을 먼저 잃었지만 다른 누군가의 자식만은 지키고 싶다며 한겨울 노숙 농성에 함께하는 어떤 아버지에게, 자신을 부당 해고하고 감옥에 보낸 회사의 제품이 최고라며 여전히 자랑하는 어느 노조원에게, 집안일과 바깥일 모두를 거뜬히 해내며 명함 없이도 기쁘게 일하는 어떤 국숫집 사장님에게

당신은 왜, 어떻게 그럴 수 있느냐고 묻고 싶었다.

"사람 만나는 거 좋아해?"

아마, 이렇게 대답할 수 있을 것 같다.

한 사람의 세계를 만나는 것을 좋아한다.

한 사람이 품고 있는 이야기, 그가 지나온 시간, 그를 만든 선택들, 그 사람이 품고 있는 빛과 그림자.

그간 만나고 써온 시간을 한 방울로 짜낸다면 사람, 사람이 남을 것 같다. 절망에 가까운, 그러나 기어이 희망을 퍼 올리는 끈질긴 인간, 인간의 존재.

그날 광화문 카페에서 겨우 마감한 기사가 무엇이었는지는 다 잊었지만, 친구가 되어가는 할아버지들의 한 장면은 마음에 담았다. 그렇게 수집한 장면들은 흔하고 사소해 보이던 사람들의 세계로 들어가는 열쇠가 되었다.

여기 모인 글들은 문밖에 앉아 있던 마음에서 시작됐다. 한 사람이 품고 있는 어마어마한 세계로 초대되기를 기다리며 한없이 웅크리던 날들. 늘 담벼락에 문을 그리는 상상을 했던 한 소심한 인간과 그에게 문을 열어주었던 사람들의 이야기를 시작해본다.

여기 모인 글들은 문밖에
앉아 있던 마음에서 시작됐다.

한 사람이 품고 있는
어마어마한 세계로
초대되기를 기다리며.

Chapter. 1

문에 다가가다

우리라는 세계

벽 같은 세상에

기어이 길을 내고

비극으로부터 우리가 건져낸 것들

미친 세상에서 미치지 않고

살아난

왜 이 사람들은 지치지 않고 계속

당신은 왜, 어떻게 그럴 수 있나요?

잘 모르는 사람,
그래서 길을 찾는 사람

그가 인터뷰 도중 가장 많이 한 말은 "글쎄요. 모르겠어요"였다. 질문마다 답을 듣기까지 꽤 시간이 필요했다. 그는 질문을 머금고, 숨을 고르고, 그 질문이 자신의 것으로 소화되기까지 말을 아꼈다. 나는 기다렸다. 그 기다림의 시간이 좋았다.

인터뷰는 늘 어렵다. 내가 만나고 싶은 사람은 대체로 나를 만나고 싶어하지 않는다. 나를 만나려고 하는 사람들은 내가 만나고 싶지 않을 때가 많다. 비뚤어진 심보로 만나기 어려운 사람들만 만나려는 것은 아니다. 한 번에 인터뷰를 승낙해준 이들은 너무 고맙고, 인터뷰도 성공적일 때가 많다. 내가 생각하는 성공적인 인터뷰는 인터뷰 전과 후의 삶이 조금 달라지는 것이다. 묻는 사람이나, 듣는 사람이나.

아니, 사실 좋은 인터뷰에선 인터뷰어(인터뷰를 기획하고 질문하는 사람)와 인터뷰이(인터뷰어와 함께 질문에 대해 생각하고 답을 찾는 사람)가 따로 없다. 좋은 인터뷰에서 우리는 섞인다. 하나의 세계로 함께 들어갔다가 나온다. 그리고 삶은 아주 조금이라도 달라져 있다. 어떤 생각을 말로 꺼냄으로써 우리는 이전과는 다른 사람이 된다. 그런 경험을 모든 인터뷰마다 할 수 있는 것은 아니다. 끝끝내 그의 마음을 여는 데 실패하기도 한다. 그런 실패는 물론 인터뷰어의 탓이다. 어쩌면 온 마음을 열 준비를 하고 나온 사람에게 나는 열쇠가 될 만한 질문을 하지 못했을 것이다. 혹은 믿음을 주지 못했을 것이다. 그런 것을 생각하면 자다가도 한숨이 나온다.

의사이자 과학자, 연구활동가인 백도명*과의 인터뷰 역시 쉽지 않았다. "인터뷰 안 하실 거예요." 그를 아는 사람들마다 그렇게 말했다. 석면, 반도체 공장의 발암 물질, 가습기 살균제, 라돈 등 이제는 모두가 유해하다고 알고 있는

* 백도명 교수는 서울대 보건대학원에서 재직하다 2021년 정년 퇴임한 뒤 2023년 현재 국립암센터에서 일하고 있다.

것들이 그의 연구를 통해 제 얼굴을 드러냈다. 연구만 한 것이 아니다. 집회, 시위, 기자 회견 등 목소리가 필요한 곳에서 그는 늘 목소리를 냈다. 가습기 살균제 사건* 해결을 위해 그는 제조사인 옥시 본사가 있는 영국까지 가기도 했다. 그래서, 그의 목소리를 듣는 것이 이렇게 어려울 줄은 몰랐다. 찾아보니, 정말로 그의 인터뷰는 적었다. 어떤 사건과 사고를 위해서는 말을 아끼지 않았지만, 자신에게 집중되는 인터뷰는 하지 않는 것 같았다.

"제가 신문에 실릴 만한 사람이 아니어서 말씀해주신 내용은 죄송합니다만 정중히 사양합니다."

예상했던 답이었지만, 짧은 답에서도 단호함이 느껴져서 멈칫했다. '신문에 실릴 만한 사람'… 신문에 실릴 만한 사람은 어떤 사람인가. 나는 그동안 어떤 사람들을 만나왔던가. 지금 어떤 사람을 만나고 싶어하는가. 사실 내가 인터뷰를 청한 이들은 대체로 인터뷰가 아니더라도 만나보고 싶은 이들이었다. 그러니까 인터뷰하고 싶은 사람이어

* 가습기 살균제에 사용된 화학물질로 인해 가습기 사용자들이 폐질환을 얻거나 사망한 사건. 주로 영유아, 임신부, 노인들의 피해가 많았다. 피해가 처음 알려진 것은 2011년이지만 정부 차원의 조사위원회가 뒤늦게 꾸려졌고 2023년 현재까지도 조사와 재판이 진행 중이다.

서 말을 건네고 있지만, 인터뷰를 못하게 되더라도 만나고 싶은 사람. 그러니까 인터뷰에 적합하지 않을지 모르지만, 그래서 인터뷰에 꼭 초대하고 싶은 사람. 백도명은 물론 그런 사람이었다.

아무래도 이번 인터뷰는 못 할 것 같다는 예감이 들었다. 거절당하는 것이 일상이지만, 어쩐지 조금의 가능성도 느껴지지 않는 거절 같았다. 연구와 여러 활동만으로도 이미 너무 바쁜 그가 굳이 시간을 내서 나랑 인터뷰를 해야 할까, 그게 그를 위한 일일까 싶기도 했다. 인터뷰는 여러모로 에너지가 많이 드는 작업이다. 포기해야 하나 갈팡질팡하다 인터넷에 올라온 어떤 게시물에서 그의 사진을 보았다. 2011년 6월 25일, 경남 창원 수정마을에서 열린 마을 잔치에 초대돼 어색한 얼굴로 앉아 있는 그의 옆모습. 찾아보니 한 대기업에서 마을에 공장 설립 공사를 추진했고 주민들은 소음으로 인한 고통을 호소했다. 환경 영향 평가에선 문제가 없는 것으로 나왔지만, 그가 하나씩 인과 관계를 추적해나간 끝에 문제를 찾아냈고 공사는 백지화됐다. 공을 세워 나서는데 영 재주가 없어 보이는 그가 마을 사람들의 청을 거절하지 못하고 잔치에 앉아 있는 모습을 보니, 안 되겠다 싶었다. 안 되겠다. 만나야겠다.

어떤 인터뷰를 하고 싶은지, 어떤 것을 묻고 싶은지 질문을 정리해 그에게 메일을 보냈다. 답은 없었다. 메일을 한 번만 읽어달라고 메시지를 보냈다. 시간이 조금 지나 답장이 왔다. "질문을 읽으면서 '대답이 무엇이지?' 하는 생각이 떠오르는 것을 지울 수가 없다"고 했다. "답은 잘 모르겠지만 나름 던져보고 싶은 질문들"이라고. 백도명은 자신이 고민하여 작성한 문건을 하나 보낼 테니 그 적절함이 어떠한지 내게서 듣고 싶다고 했다. 자신은 세상을 이런 식으로 이해하는 사람이고, 최근의 고민들은 이렇게 표현할 수 있는데 이런 사람과도 인터뷰가 가능하겠냐는 질문이었다. 이야, 됐다. 이건 거의 승낙이 아닌가 싶었다.

그랬다…가 글을 열어보고 바로 노트북에 머리를 박았다. 쿵 소리가 나도록. '환경과 건강 사이의 인과 관계에 대한 전문가, 법원, 그리고 피해자들 간 판단 모형의 차이와 일치점'이라는 제목으로 그가 보낸 글은 내가 보기엔 한 편의 논문이었다. 영어와 수식과 그래픽이 가득한… 아무리 봐도 이 글을 다 이해할 수 없을 것 같았다. 모르는 것을 알은체 할 수도 없었다.

밤새 보고 또 보고 고민하며 마음을 비웠다. 그가 나를 시험하는 것이라는 생각은 들지 않았다. 그는 정말로 대화를 원하고 있었다. 우리가 함께 답을 찾아볼 수 있을까. 나는 그가 보낸 글이 그렇게 보였다. 아침이 되었다. 마음을 정리하고 쓰고 싶은 것을 솔직하게 썼다.

선생님께.

보내주신 글 잘 봤습니다. 아마 제가 선생님께서 쓰신 뜻을 다 이해하지 못했을 거라고 생각합니다. 그래도 여러 번 읽고 나니, 저에게 한 문장이 뚜렷하게 떠올랐습니다.

"아픔은 어디에서 오는가…?"

나의 아픔은 어디에서 온 것인가. 이 아픔은 개인적인 것인가, 사회적인 것인가. 나의 아픔을 구조적인 것이라고 말해도 좋은가. 이 아픔은 어떻게 치유되어야 하는가. 이 아픔을 치유하기 위해선 어떤 노력이 필요한가. 그 노력은 개인적인 것인가. 사회적인 것인가. 아픔의 발생은 언제부터였을까. 내가 아픔을 느낀 순간부터일까, 과학적으로 통증(몸과 마음의)이 발견된 순간부터일까. 사회적으로 이야기된 순간부터일까. 구조적인 원인이 발생한 때부터일까.

아픔이 치유된다는 것은 어떤 의미일까. 치유됐다는 것은 누가, 어떻게 판정할 수 있을까. 아픔의 재발을 막기 위해선 어떻게 해야 할 것인가. 필요한 아픔, 그저 해롭기만 한 아픔을 구별할 수 있을까.

이런 질문들이 꼬리에 꼬리를 물게 되었습니다. 주신 글 중에서 이 부분이 제일 기억에 남습니다.

"뇌의 작용, 즉 인간의 사고는 외부의 신호를 그대로 받아들여 해석하는 것이 아니라, 그 시점까지 축적된 경험에 바탕을 두고 구축된 모델에 의거하여 만들어지는 예측과 그에 따른 행동을 통해 파악되는 감각에 바탕을 두고 예측 모델을 점검함으로써, 예상되는 예측 모델이 그에 따른 감각과 일정한 범위 내에서 일치하는 경우 그에 바탕을 두고 외부를 설명하게 됨. 즉 모델 예측을 통한 설명이 뇌의 인지 작용임."

이에 따라 생각해보면 어떤 '사건'이 발생했을 때, 100명이 그 사건을 경험한다고 해도 각각 다른 100개의 이야기가 생기겠지요. 그 사건이 한 개인의 몸과 마음을 통과할 때, 어떤 형태의 아픔과 고통 또는 또 다른 단계의 무엇으로 발현되고 기록될지 미처 다 알기가 어려울 것 같습니다.

어떤 누구의 일상이나 일생도 '피해자', '생존자' 등의 이름만으로 가둘 수 없는 것처럼요. 시간을 아주 오래 두고, 보고 또 보며 생각해야 할 것 같아요. 기자의 입장에서 사건은 이야기의 소재이지만, 시간에 차이가 있을 뿐 결국은 다 휘발되고 맙니다. 취재하는 당시에는 전부였던 여러 일이, 지금은 제 마음속에서 다 어디론가 흩어지고 말았다는 생각이 드니 조금 씁쓸하고 민망하기도 합니다.

쉽게 사라지지 않을, 그래서 꼭 기록해야 할 이야기들을 선생님과 나눌 수 있으면 좋겠습니다.

감사합니다.

수신인은 '백도명'이었지만, 이 편지는 실은 나에게 보내는 것이었다. 기자로서, 글 쓰는 사람으로서 내가 품고 있던 고민. 타인의 아픔을 가까이서 보면서도 그저 구경이나 하고 아무것도 하지 못하는 것 같은 무력감. 타인의 고통을 제한된 분량의 글이라는 형태로 표현하는 것에 대한 답답함과 죄책감. 나는 어떤 일을 하고 있고, 앞으로 어떻게 살아야 하는 것일까에 대한 끝나지 않는 질문들. 글을 쓰고 나니 시원했다. 몸 안의 묵직한 무언가가 쑥 빠져나가는 것 같았다.

답장이 왔다.

장은교 선생님.

보내주신 답장 잘 읽었습니다. 세 번쯤 읽은 것 같습니다. 글을 읽으면서 그 내용을 정리하기보다는, 마음에 떠오르는 생각을 잘 잡아내는 것이 중요하다는 생각이 들었습니다. 제가 생각지 못한 내용이지만, 장은교 선생님의 글을 보며, 이렇게 표현될 수도 있구나 하는 느낌도 들었습니다.

저는 학술적 토론에 훈련된 사람인지라, 글을 읽으면 먼저 그 글의 내용이 무엇인지, 논리적으로 문제는 없는지, 그리고 그 논리에 사용된 근거들이 어떠한지 등을 먼저 살펴봅니다. 주로 논문을 볼 때 정리하는 내용들이지요. 반면에 장 선생님 글은 그 내용이 어떠한 지점에서 의미를 갖는지, 다시 그 내용과 삶이 어떻게 연결되는지, 그리고 그 연결의 모습을 어떻게 이어갈지를 이야기해줌으로써 세상이 잘 돌아가게 한다는 생각이 들었습니다. 그 반면에 제 글은 세상에서 유리되어 그 경계에서 더 나아가지 못하고 헤매고 있다는 생각입니다.

하여튼 장은교 선생님과 이야기를 하다 보면 생각을

정리하는 일정한 기회는 되겠구나 싶습니다. 방학 중이 비교적 시간을 내는 데 여유가 있지 않을까 싶습니다.

인터뷰를 제안한 지 약 한 달만에 우리는 그의 연구실에서 마주앉았다. 질문지를 준비해갔지만 펼쳐보지 않았다. 그가 "모르겠어요"라고 대답하며 시작하는 이야기마다 나는 귀를 기울였다.

기사는 큰 고민 없이 빠르게 썼다. 그가 한 말을 조금 더 담지 못해 아쉬울 뿐이었다. 기사의 시작은 이렇다.

"피해가 피해라는 이름을 얻는 데에도 노력이 필요하다. 어떤 노력은 노력이라는 말로 두루뭉술하게 덮어버리기엔 지나치다. 노력은 해야 하는 것, 하면 좋은 것처럼 보인다. 그러나 어떤 노력은 일상을 다 파괴하고, 피해가 더 끔찍해진 뒤에야 겨우 피해로 인정받는다. 이제는 모두가 사실로 받아들이는 반도체 노동자들의 직업병과 석면 · 가습기 살균제 · 원전 방사능의 피해도 처음엔 그랬다."

– 〈'연구활동가' 백도명, '과학의 이름'으로 약자의 곁에 서다〉, 경향신문, 2020. 8. 22

나는 그의 마지막 말이 가장 기억에 남는다. 지금껏 자주 꺼내어 보는 말이다.

"글쎄요. 사실 제가 한 건 별로 대단한 일은 아니었어요. 제가 해야 하는 일을 한 거죠. 저는 늘 경계선에 있는 사람이었던 것 같아요. 피해자들이 있고, 전문가와 학자로서 의견을 가지려면 경계에서 문제를 들여다봐야 했죠. 제가 했던 건 질문을 던져보는 작업이었던 것 같아요. 왜 안 바뀔까. 모르겠어요. 저는 그 질문을 참 많이 했던 것 같아요."

제가 했던 건 질문을 던져보는
작업이었던 것 같아요. 왜 안 바뀔까.
모르겠어요. 저는 그 질문을
참 많이 했던 것 같아요.

당신의 꽃말은 '오늘도'입니다

처음 만났을 때 정영선은 호미를 들고 있었다. 인터뷰를 하기로 했는데 인터뷰에는 큰 관심이 없어 보였다. 정영선에겐 위태로워 보이는 꽃이 더 중요한 것 같았다. 자리에 쭈그려 앉아 호미질을 했다. 탁탁탁. 그의 호미질 몇 번에 노란 미나리아재비꽃이 뿌리 하나 다치지 않고 땅 밖으로 나왔다. 꽃은 왜 캐낸 걸까. 어떻게 다시 심는 걸까. 묻지 못했다. 다음, 바로 다음도. 정영선의 손은 바쁘고 표정은 진지했다. 생명을 다루는 사람의 모습이었다. 인터뷰보다는 자신의 손으로 구해낼 생명들이 소중했다. 그런 현장이었다.

기자는 대체로 현장에 있다. 그게 멋져 보여서 기자가

됐고, 그게 좋아서 기자를 계속했다. 현장은 매번 달라진다. 불타는 고시원일 때도 있고, 해고 노동자들의 시위 현장일 때도 있다. 물의를 일으킨 유명인의 기자 회견장일 때도 있고, 가슴을 쿵쾅거리게 하는 연극 무대일 때도 있다. 그리고 이번엔 땅이었다.

조경가 정영선을 만나기까지 6개월이 걸렸다. 늦가을에 처음 연락했을 때 그는 두 가지 이유로 인터뷰를 거절했다. 하나는 "나는 인터뷰를 할 만한 그런 사람이 아니에요." 또 하나는 "나는 땅에서 일하는 사람인데 곧 날이 추워져요. 겨울에는 일하는 모습을 보여드리기가 어렵습니다." 그가 겨울에도 무척 바쁘게 일한다는 것은 나중에 알았지만, 땅은 모르고 '현장을 보고 싶다'는 욕심만 가득했던 나는 고개를 끄덕였다. 그리고 봄에 다시 연락했다. 정말로 다시 연락을 했다는 사실에 그가 놀랐는지, 반가웠는지는 모르겠다. 봄이어서, 풀과 꽃이 만개하는 계절의 덕으로 나는 드디어 정영선을 만날 수 있었다.

조경가 정영선. 그는 소개할 것이 많은 사람이다. 서울대 환경대학원 1호 졸업생이자 최초의 여성기술사(국토개발기술사 1호). 예술의 전당, 86아시안게임, 88올림픽, 93대전 EXPO, 인천국제공항, 호암미술관 전통정원 희원, 국립중앙

박물관, 선유도공원, 여의도 샛강 생태공원, 국립과학관, 봉하마을 생태문화공원, 아모레퍼시픽 사옥, 서울식물원 등 한국 현대사의 중요한 장면과 공간마다 그의 손길이 닿았다. 그의 작업이 곧 한국 조경의 역사다.

이렇게 많은 일을 한 사람이어서, 이름만 들으면 알만한 일을 해낸 사람이어서, 그게 정영선을 만나고 싶은 이유의 전부는 아니었다.

계절이 바뀌기를 기다려 정영선을 꼭 만나려 한 것은 그가 오늘도 현장에서 일하고 있는 사람이어서였다. 1941년생. 인터뷰 당시, 여든 살의 그는 삽과 호미를 들고 전국을 누비고 있었다. 인터뷰 전에 약속을 잡기 위해 연락하면 어젠 강릉에, 오늘은 제주에 있었다. 사무실에 없는 조경 회사 대표. 50년 넘게 한결같이 손에 흙을 묻히며 일하는 사람. 그 사람의 이야기가 궁금했다.

인터뷰는 정영선의 집에서 하기로 했지만, 먼저 그가 일하는 곳을 가보고 싶었다. 마침 서울식물원에서 일정이 있었고, 그의 현장을 볼 수 있었다. 쭈그려 앉아 호미질을 하는 정영선의 옆에는 능숙한 자세로 흙을 만지는 이들이 있었다. 다들 연배가 있어 보였다. 정영선과 오랜 세월 '합'

을 맞춰온 여성들이었다. 함께 일하는 이들 중에 90세가 다 된 분도 있다고 했다.

"오래 전국을 같이 다녔죠. 아주 대단한 분들이에요. 이 분들 없으면 나 일 못했어요. 식물을 다루는 일인데 모르는 사람에게 갑자기 일 맡기고 그렇게 못해요." 어린이집을 다니는 아이를 모르는 사람에게 맡기지 못해 엄마의 노동력을 이용하고 있던 나는 그 말에 깊이 끄덕였다. 아이를 대하는 마음이시군요. 오늘 처음 본 꽃이라도. 사람에 대입하고 나서야 식물을 아끼는 그 마음을 겨우 이해하는 내가 참 작아 보였다.

"이게 쉬워 보여도 훈련이 좀 돼야 하거든요." 그의 오래된 동료 중 한 명이 삽을 땅속에 푸욱 넣으며 말했다. 자부심이 담긴 말이었다. 식물 킬러인 나는 움찔했다. 전혀 쉬워 보이지 않습니다, 선생님. 삽과 호미를 들고 전국을 다니는 그들의 모습이 그려졌다. 마블은 뭐 하지. 이런 분들 섭외 안 하고.

다음 날, 정영선의 양평 자택으로 갔다. 직접 지은 소박하고 아름다운 집이었다. 물론 텃밭이 있었다. 정영선은 매일 새벽 다섯 시에 일어나 혼자 세 시간씩 정원을 관리한다고 했다. 갈수록 식물도 유행을 타고 외래종을 선호하는 일이 많아져, 사라져가는 품종들이 많다. 그럴 때 정영선은 자신의 정원에서 꽃과 풀들을 가져간다. 어쩌면 그의 정원에서 전국의 정원이 자라났다.

이제 마주앉아 본격적으로 그의 일 이야기를 들어보기로 한다. 어렵게 설득했지만, 막상 인터뷰를 시작하려니 긴장된다. 생명을 살리는 일을 해야 하는 사람의 시간을 빼앗아 붙잡았는데, 그만큼의 대화를 나눌 수 있을까. 지난 80년의 인생을 어떻게 묻고 듣고 기록하지.

탁자 위에 올려진 그의 손을 보았다. 생명의 공간을 만들어내는 손가락, 자연과 사람을 연결해낸 손가락. 그 손가락이 마디마디 까맸다. 오래 세월 흙이 묻어 그의 일부가 되었다. 자연이나 환경을 얘기하면 손가락질을 받던 '개발 공화국' 시절부터 꿋꿋하게 산과 나무와 꽃과 풀을 지켜온 사람. 여의도 샛강을 주차장으로 만든다기에 한강 관리소 소장에게 김수영의 시 「풀」을 읽어주며 샛강 복원을 추진해낸 사람. 조경이 그저 건축의 뒤치다꺼리나 하고 사람 눈에 보기 좋은 꽃과 풀을 심는 일이라고 여기는 사람들 사이에서 "조경은 예쁜 화장이 아니에요. 조경은 그저 예쁘다는 것을 넘어서야 해요. 사람들이 위로를 받고 편안하게 거닐면서

영감을 얻고 건강도 되찾을 수 있는 그런 공간을 만드는 것이 조경의 역할이라고 생각해요"라고 꿋꿋이 말하는 사람.

그의 손으로 살려낸 버드나무와 억새와 물고기와 새의 이름을 가만히 생각해보았다. 손가락 지문이 희미해진 기타 연주자, 탄가루가 집 안 여기저기 묻은 광부, 기계 소음에 청력이 약해진 공장 노동자. 일은 무늬를 남긴다. 정영선의 무늬는 까만 손끝이다.

아니, 관찰은 그만하고. 그의 대단한 이력도 그만 묻고. 이제 정말로 궁금했던 것을 묻자. "어떻게 그렇게 오래 일하실 수 있죠?" 그는 이 질문에 대한 대답을 여러 차례 나눠서 했다. 자신의 이야기가 어떤 이의 성공 비결처럼 읽히지 않기를 바란다는 것이 느껴졌다. 세상에는 일하고 싶어도 일하지 못하는 이들이 많다. 그는 함께 일했던, 빛나는 재능과 열정이 있었지만 어느 순간 일을 놓아야 했던 이들을 떠올렸다. 가족의 일로, 병으로, 다 말할 수 없는 여러 이유로 많은 여성이 현장을 떠나는 모습을 지켜봤다. 정영선은 "사는 게 참 애처롭다"고 했다. 그리고 말했다. "그 세월을 어떻게 다 말로 하겠어요."

나는 더 묻는 대신 그의 다른 말들에서 대답을 찾는다.

"조경이라는 게 방 안에 가만히 앉아서 도면만 그리고 이야기하는 걸로는 될 수가 없어요. 조경은 계속 바뀌어요. 일을 받으면 먼저 그 땅에 여러 번 가봐요. 그 땅에서 어떤 자연 변화를 느낄 수 있는가. 그 땅에 사는 사람들이 어떤가. 그 가족들이 꿈꾸는 세계는 무엇인가."

어렴풋이 깨닫는다. 그가 같은 일을 오래 한 것이 아니라 매일 새로운 일을 해온 거라고. 생명이기 때문에. 생명은 멈추어 있지 않기 때문에.

아침 일찍 만나 해가 질 무렵까지 이야기를 나누고 인터뷰를 마쳤다. 인터뷰가 끝나고 돌아오는 길엔 늘 녹음기 없이 기억나는 순서대로 이야기를 정리해본다. 대체로 가장 마음속 깊이 들어간 이야기가 가장 먼저 나온다. 그날은 병원 이야기였다. 서울아산병원의 조경을 맡았을 때 그는 기존의 도면을 뒤집었다.

"병원에는 환자도 보호자도 의사도 간호사도 '울 곳'이 필요하다고 생각했어요. 넓은 잔디밭 같은 것은 안 돼요. 서로 조금 숨어서 안 보이게 울 수 있는 정원이 필요하다고 생각했죠. 병원에는 기왕이면 왕성한 생명력을 보여주는 나무들이 있어야 한다고 생각했고요."

그렇게 병원에 정원이 생겼다. 아픈 남편을 오래 돌본 적 있는 그는 오 헨리*의 마음을 병원에 심었다. 나는 그가 일하는 모습을 떠올려보며 글을 쓰기 시작했다.

"정영선은 일을 맡으면 먼저 땅을 본다. 보고 또 본다. 보고 또 보고 또 본다. 그 땅과 함께할 사람을 생각한다. 그 땅과 함께할 사람의 일상을 그린다. 그 땅과 함께할 사람과 자손의 미래를 그려본다. 다시 땅을 본다. 흙을 만지고 냄새를 맡는다. 그 땅과 사람과 어울리는 시와 그림을 떠올린다. 땅과 사람과 어울리는 시와 그림과 풀과 꽃과 나무를 생각한다. 그 풀과 꽃과 나무는 한국적인 것이었으면 좋겠다고 생각한다. 땅도 살고 사람도 살았으면 좋겠다고 생각한다."
- 〈조경은 시쓰는 마음으로…자연과 사람이 함께 살아야죠〉, 경향신문, 2020. 5. 9

5월의 어느 날, 그의 인터뷰 기사가 실렸다. 언제 기사가 나가는지 이미 전했지만, 어딘가 현장에서 일하느라 잊

* 소설 『마지막 잎새』를 쓴 미국 작가. 『마지막 잎새』는 폐렴에 걸린 소녀가 창밖으로 떨어지는 담쟁이 잎을 자신과 동일시하며 슬퍼하자, 이웃집 화가가 담쟁이 벽화를 그려 소녀에게 삶의 의지를 되찾아준 이야기다.

었을까 싶어 오전 열 시쯤 전화를 해봤다. 매일 새벽 다섯 시에 일어나는 그는 아직 기사를 보지 않았다고 했다. 아직 자신의 이야기를 읽을 마음의 준비가 되지 않아 우선 집 청소를 한바탕 했다고 했다.

들풀 같기도 나무 같기도 나비 같기도 한 사람. 땅에 시를 쓰는 사람. 오늘도 오늘의 생명을 지키고 있을 사람.

가끔 울고 싶을 때, 나의 오늘이 무너지고 있다는 생각이 들 때 나는 종종 정영선의 까만 손끝을 떠올린다.

그의 손으로 살려낸 버드나무와 억새와
물고기와 새의 이름을 가만히 생각해보았다.
손가락 지문이 희미해진 기타 연주자,
탄가루가 집 안 여기저기 묻은 광부,
기계 소음에 청력이 약해진 공장 노동자.
일은 무늬를 남긴다.

정영선의 무늬는 까만 손끝이다.

어쩌다 기자가 되었어

"왜 기자가 되었어요?"라는 질문을 많이 받았다. 기자들끼리도 비슷한 질문을 많이 했는데 어감이 조금 달라졌다. "어쩌다 기자가 되었어?" 별로 좋지도 않은 이 직업을 왜 갖게 되었냐는 뉘앙스가 서린 말이다. '일'이라는 것은 대체로 힘든 면이 있으므로 같은 일을 하는 동료에 대한 애잔한 마음을 담아 그랬던 것 같다.

글쎄, 글쎄요. 대부분 이런 말로 대답을 시작했다. 초등학교 2학년 때 '장래희망 그려오기' 숙제가 있었다. 나의 20년 후를 상상해보는 것이라고 선생님이 설명해주셨던 것이 기억난다. 그때 스케치북에 기자를 그렸다. 뒤에 비행기인지 헬리콥터인지 모를 물체가 있고, 그 앞에 트렌치코트를 입은 내가 마이크를 들고 서 있는 모습이었다.

당시 〈MBC 뉴스데스크〉에 '카메라출동'이라는 코너가 있었는데, 기자들이 바쁘게 현장을 찾아가고 취재하는 콘텐츠였다. 뭔가 바빠 보이고(다들 뛰어다녔다), 보통 사람들은 잘 갈 수 없는 곳(사건 · 사고 현장)에 가는 것 같고, 조금 위험해 보이지만 중요한 일을 하는 것 같고, 그런데 그 일이 많은 사람들을 위한 일인 것 같고. 기자가 구체적으로 어떤 일을 하는 사람들인지, 그들의 일상이 어떻게 이뤄지는지, 기자가 되려면 어떤 능력이 필요한지, 돈은 많이 벌 수 있는지… 그런 것들은 생각하지 못했다. 아, 멋있어. 뭔가 멋있어 보여.

놀랍게도 그런 마음이 20년 가까이 지속됐다. 피아노 학원 선생님(피아노 학원 다닐 때 선생님이 너무 무서워서 친절한 선생님이 되고 싶었다), 소설가(『빨간 머리 앤』이 나의 또 다른 이름 아닐까 싶을 정도로 빠져서 지금도 벗어나지 못하고 있다. 나의 가장 오래된 친구는 앤, 너야), 카피라이터(짧은 문장 하나로 사람들의 마음을 설레게 한다는 것이 무척 매력적으로 보였지만 나는 역시 긴 문장이 필요한 사람…글 많음 주의) 등 여러 직업이 마음을 다녀갔지만, 그야말로 왔다가 갔다. 가장 오래 마음속에서 나가지 않고 버틴 놈은 기자였다. (역시 보통 놈이 아니다….)

방송기자를 하고 싶던 마음은 신문기자로 바뀌었다. 초등학교 때 집에서 신문을 구독했는데, 아침에 일어나면 부모님이 읽은 신문을 방으로 가져가 펼쳐놓고 일단 '오늘의 TV프로그램'을 정독했다. 먼저 편성표 위에 있는 작은 박스기사(프로그램 소개)를 읽고, 작은 기사에서 큰 기사로 하나하나 번져가듯 신문을 읽어나갔다. 사회면, 문화면이 재미있었다. 중학교에 들어간 뒤로는 칼럼과 사설도 읽었다. 재미는 없었다. 사설이나 칼럼을 보면 늘 사람들이 화가 난 것 같다고 생각했다. 나를 혼내는 것 같기도 하고.

궁금하고 신기했다. 이런 글을 쓰는 사람들은 누굴까. 왜 이 사람들은 어떤 현장에 직접 갈 수 있는 걸까. 어떻게 살인범도 만나고 사기꾼도 만나고 대통령도 만나고 외국 사람들도 만나는 걸까. 비리를 파헤치고 잘못된 것을 비판하고 억울한 사연을 알려주고 그런 모습은 탐정 같기도 하고 영웅 같기도 했다. 멋있었다. 여전히 멋있어 보였다. 가장 마음을 이끈 것은 기자라는 직업의 기본값이 정의감, 공익을 위해야 한다는 것이었다. 실상이 어떻든 직업의 기본이 개인 또는 특정 기업이 아니라 사회 전체, 더 많은 사람들, 특히 상대적으로 어렵고 고통받는 사람들을 위한 일이라는 것이 멋있어 보였다. 어쩌면 나는 내가 너무나 개인주의라는 것을 알아서, 그렇게라도 스스로를 묶어두지 않으면 안 될 것 같다고 생각했는지도 모르겠다.

그래서 기자가 되고 싶었다. 응시한 첫해에 시험을 떨어지고 재수를 거쳐 삼수까지 하는 동안에도 언론사 외에는 지원조차 하지 않았다. 그렇게까지 이 직업에 순수한 사랑을 가졌던 것은 아니다. 다만, 다른 회사에는 자기소개서와 입사 지원서를 쓰기가 어려웠다. (시도는 해봤는데 한 줄도 못 쓰고 포기했다.) 그 회사가 나를 뽑아야 하는 이유를 아무리 생각해봐도 설득은커녕 설명하기도 어려웠다. 반면, 언론사 지원서는 늘 칸이 모자랐다. 나를 뽐내야 하는 것에 대한 어색함과 민망함만 좀 견디면, 쓰고 싶은 내용이 늘 많았다.

17년 동안 기자를 하고 정년을 채우지 않은 채 퇴사한 지금… 첫 직업을 기자로 택한 것을 나는 후회할까? 후회하지 않는다. 기자는 여전히 의미 있고 재미도 있고 멋지고 나에게 잘 맞는 직업이었다고 생각한다. 이십 대의 나로 다시 돌아간다면, 또 기자를 택할까? 아마도. 다른 멋진 직업인들의 삶도 궁금하지만 역시나 기자 세계를 흘끔거릴 것 같다. '아, 저거 멋있는데' 하면서. 다만 다시 처음으로 돌아가 기자 생활을 시작한다면 따뜻한 말을 해주고 싶다.

너를 믿으라고.

너를 의심하지 말라고.

세상에 100명의 기자가 있다면, 100명의 저널리즘이 있는 거라고.

보통 수습* 기간을 가장 혹독하다고 하지만, 수습 이후에는 내가 나를 시험하는 시간이 시작된다. 그런 순간이 더 힘들었던 것 같다. 나는 왜 이렇게 글을 못 쓰지, 나는 왜 이렇게 취재를 못하지. 나는 기자에 어울리지 않는 사람 같아. 나는 언제 기자다운 기자가 되지. 시험에서 계속 떨어질 땐 입사만 하면, 현장을 종횡무진하며 멋진 기사들을 써낼 줄 알았는데 현실은 그렇지 않았다. 왜 기자가 됐을까. 내가 맞는 길을 택한 걸까. 자책하고 의심하는 순간들이 이어졌다.

어두운 생각에서 벗어날 수 있었던 것은 '기자'라는 직업, '기사'의 의미를 다르게 정의하고 나서부터다. 언론사에서는 보통 타사가 먼저 쓴 이야기는 큰 특종이 아닌 경우 피하려는 경향이 강하다. 즉 '새로운 이야기'인가가 중요하다. 신문도 뉴스도 앞에 '새롭다'라는 형용사가 붙어 있다. 그런데 새로운 이야기만 찾다 보면, 좀 더 크고 좀 더 자극적인

* 회사마다 다르지만 보통 언론사 입사 후 6개월 동안을 수습 기간으로 삼고 '수습기자'라고 부른다.

이야기를 좇게 된다. 한번 어떤 언론사에서 다뤄진 이야기는 다른 관점에서 해석될 기회를 놓치기도 한다.

연차가 좀 쌓이고, 이런 강박에서 조금씩 벗어나면서 기자 생활이 재밌어졌다. 이미 많이 노출된 이야기 같아도 그 안에서 새로운 의미를 찾아낼 수 있다면, 좋은 기사가 될 수 있다고 믿게 됐다. 영화나 드라마에 흔히 보이는 특종을 하는 기자는 물론 멋있고 사회적 의미도 크지만, 평범해 보이거나 뉴스 같지 않아서 잊혀지고 묻혀진 이야기를 발굴하는 사람도 좋은 기자라는 생각이 들었다. 그래서 나는 소위 '단독'이라고 하는 특종 기사보다는 같은 판결문을 두고도 독자들이 조금 더 알기 쉽게 쓰거나, 보도자료에는 감춰져 있던 의미를 파악해 썼을 때 더 뿌듯했다. '의미 단독'. 굳이 단독 기사를 쓰려고 애써야 한다면 나는 의미 단독형 기자가 되어야겠다고 생각했다.

그렇게 마음을 먹고 나니 (회사에선 싫어할 얘기지만) 다른 언론사와의 경쟁보다는, 나 스스로의 평가가 더 중요하게 다가왔다. 어렵고 복잡한 사안을 정리한 기사를 쓰고 나면 '야, 네가 쓰고도 무슨 말인지 모르게 쓰면 어떡하냐. 너는 이게 이해가 되냐' 되묻게 되었고, 꽤 잘 썼다고 생각한 기사를 돌아보니 몇 년 전 썼던 표현이나 방식과 비슷하게 썼다는 것을 발견한 뒤에는 '재활용 전문이세요?' 자문하며 얼굴이 빨개졌다. 기사가 잘 안 써지는 데에는 여러 이유가 있지만 역시 가장 큰 이유는 취재가 부족해서일 때가 많다. 용케 데스크*를 속이고 넘어갔다고 해도 스스로는 속일 수 없어서 날짜가 지난 뒤 슬그머니 디지털 뉴스에 내용을 추가하기도 했다. 그래도 그런 경쟁이 마음 편했다. 어제의 나와 하는 경쟁. 탐정이나 영웅은 되지 못했지만.

어릴 적 장래 희망을 물었을 때 명사(직업명)가 아니라 동사나 형용사로도 표현할 수 있었다면 어땠을까 종종 생각한다. 미래의 꿈을 이미 존재하는 직업 안에서 찾기에는, 우리는 각각 너무나 다르고 다양하다. 그리고 오늘의 우리는 내일의 우리보다 늘 젊다.

어쩌다 기자가 되었어. 내가 했던 작은 점과 같은 선택들이 이어지고 이어져 오늘의 내가 되었다. 지우고 싶고 가리고 싶고 다른 색으로 칠하고 싶은 점들도 많지만, 그 점들도 모두 오늘의 나를 만들었다. 그리고 오늘의 나는 이제 내일의 나로 이어질 것이다. 아직은 만나본 적 없지만, 그래서 더 설레고 궁금한 내일의 나로.

* 기사를 최종 감수하는 고참 기자.

미래의 꿈을 이미 존재하는 직업 안에서 찾기에
우리는 각각 너무나 다르고 다양하다. 그리고
오늘의 우리는 내일의 우리보다 늘 젊다.

내가 했던 작은 점과 같은 선택들이 이어지고
이어져 오늘의 내가 되었다.

당신을 궁금해하는 법

인터뷰를 앞두면 늘 긴장한다. 설렘과 두려움이 섞인다. 만들어둔 질문지를 들여다본다. 질문지대로 질문하는 경우는 거의 없다.

당신은 언제나 예상을 벗어나기 때문이다. 뻔하지 않은 질문을 준비하려고 애쓰지만 당신의 대답은 언제나 내 키를 넘는다. 인터뷰 중에 나는 늘 경로를 이탈한다. 당신의 대답이 나의 다음 질문을 만든다. 결국 질문지를 쓰는 이는 당신이다. 준비해간 질문지는 머쓱한 표정으로 나를 본다. "얘, 또 이러네. 이럴 거면 왜 만들었어."

어떤 것이 좋은 질문일까. 어떤 것이 나쁜 질문일까. 나쁜 질문에 관해서라면 알만큼 안다. 알만큼 알 만한 흑역사를 갖고 있기 때문이다.

기자 일을 시작했을 때, 나는 준비한 질문지대로 흘러가지 않은 상황에 무척 당황했다. 아니, 내가 질문한 건 그게 아닌데. 대답을 들은 것도 아니고 안 들은 것도 아닌 묘한 상황이 오면 마음속에선 천둥 번개가 쳤다. 거미줄처럼 촘촘한 질문지를 만들었다고 자신했지만 착각한 것이 있었다. 내 앞에 있는 것은 거미가 아니었다. 사람이었다. 거미줄로 사람의 마음을 열 수는 없다. 속이 빤히 보이는 질문지를 거미줄마냥 쳐놓고, 스스로 이렇게 멋진 질문을 던지다니 자랑스러워 죽겠다는 표정도 숨기지 못하는 바보에게 자신을 내어줄 사람은 없다. 답을 미리 다 정해두고, 조급한 마음으로 바라보는 이에게 진실한 이야기를 나눠주고 싶은 사람은 없다. 인터뷰엔 정답이 없는데, 나는 미리 답을 써놓고 채점하듯 질문을 던졌다. 나쁜 질문이란 그런 것이다.

좋은 질문에 관해서라면 여전히 찾는 중이다. 매번 어쩔 줄을 모른다.

그럴 땐 잠시 어린 왕자를 만나러 간다. 생텍쥐페리가 쓴 바로 그 『어린 왕자』. 이 책에 나오는 어른들은 중요한 것을 묻지 않는다. 숫자만 묻는다. 그 집에 어떤 사람들이 살고 있는지, 어떤 화분이 놓여 있는지, 벽은 무슨 색인지 말해줘도 어른들은 모른다. 그 집의 높은 가격을 듣고 나서야, 그 집이 좋은 집이구나 말한다. 사람을 이야기할 때도 어른들은 정작 중요한 것은 묻지 않는다. 그 사람의 취미나 습관, 목소리, 좋아하는 것과 싫어하는 것 대신에 그 사람이 가진 조건들을 묻는다.

바보들!

어른들의 질문을 보며 한심해하는 어린이를 상상하며 나도 함께 한심해한다. 그러곤 깨닫는다.

이거… 나잖아?

『어린 왕자』의 모든 장면을 좋아하지만, 질문하는 것이 직업이 된 뒤로 이 부분은 반복해서 읽곤 한다. 나는 과연 어른처럼 묻고 있는가. 어린이처럼 묻고 있는가.

아니, 질문이 틀렸다. 역시 좋은 질문은 어렵다. 고쳐 묻는다.

오늘도 당신이 궁금합니다
Room No. 511 『오늘도 당신이 궁금합니다』를 소개합니다!
마을소식지 2023 - 7
『오늘도 당신이 궁금합니다』는
(a.k.a. 오당궁)
려 17년간!! 기자로 일해온
장은교 작가님이 그동안 만나온 사람들,
사람이라는 세계를 들여다보는 산문집입니다.
작가님은 그동안 취재를 하면서 알게 되거나
일상 속에서 마주쳤던 대단한 사람들에
대해 이렇게 얘기해요. 위대한 일을 하고
난 뒤에도 그들은 놀라울만큼 평범했다고요.
살면서 때로는 작은 돌부리에도 넘어지고,
갑작스럽게 무너지기도 합니다. 그런 나를 일으키는 건,
서로 라는 이름의 평범한 우리들 아닐까요?
내가 당신이라는 이야기를 궁금해할 때,
놀랍도록 평범했던 나의 하루하루도 특별해질
거예요. 그러니 지금부터! 호기심천국 장은교
기자님과 함께 두리번두리번 당신들의
이야기를 들어볼까요? 함께 궁금해 해볼까요?
'넘어지면
서로를 일으키는
보통의 사람들'
안녕하세요, 연남동에서 책을 만들고 있는
'자기만의 방' 입니다. 이 책을 선택하신 여러분은
이제 자기만의 방 주인님이 되셨습니다
정말 반가워요!
장은교
작가님
자기만의 방이 더 궁금하다면??????????
인스타그램: @_jabang
유튜브: 자기만의 방
검색창에 '자기만의 방' 검색!

독자님들 안녕하세요. 자기만의 방 511호에 입주하게 된
장은교입니다.

겨울에 쓰기 시작한 이야기가 여러 계절을 지나 다시
겨울에 완성되었네요.

저는 지금 카페에서 이 글을 쓰고 있습니다. 카페 안에는
커피와 함께 담소를 나누는 사람도 있고, 핸드폰을 보는
사람도 있고, 저처럼 노트북을 켜놓고 무언가 작업을 하는
사람도 있습니다. 커다란 창밖으로 보이는 사람들도
있습니다. 두꺼운 옷을 입고 한껏 웅크리고 지나가는 사람,
전동킥보드를 타고 지나가는 사람, 크고 멋진 모자를 쓰고
지나가는 사람, 약속에 늦은 듯 빠른 걸음으로 지나가는
사람... 저는 이런 타인들 덕분에 이 책을 썼습니다.

누구나 자신만의 이야기를 갖고 있다고 생각해요. 낯선
사람들, 모르는 존재들을 지나칠때마다 그들이 이순간에
이르기까지 거쳐온 시간들이 궁금했습니다. 어떤 기쁨과
슬픔과 고민과 설렘을 지니고 이 시간을 통과하고 있을까
알고 싶었어요. 이 책은 그런 마음으로 만들어졌습니다.

여러분은 지금 어디에서 이 글을 읽고 계실까요. 저의 손을
떠난 글들이 어딘가의 여러분에게 다정한 악수가
되었으면 좋겠습니다. 즐겁게 읽어주세요!
감사합니다.

나는 중요한 것을 묻고 있는가, 그렇지 않은가.

머리로는 이해하면서도 정작 현실에선 나도 그 집의 가격표부터 살피려들 때가 많다. 가격표란 그런 것이다. 당신의 고유성은 무시하고, 당신이 속한 집단, 당신을 나타내는 숫자들로 당신을 쉽게 판단하고 예측하는 것이다. 나이, 사는 곳, 성 정체성, 직업, 재산 등등. 예를 들어 '서울에서 치킨집을 운영하는 50대 남성'을 만난다면, 나는 어떤 질문지를 만들게 될까. 같은 조건을 가진 당신들을 세 명만 만나도 나의 질문지는 흐물흐물해질 것이다. 당신들이 얼마나 다른지, 각각 얼마나 다른 경험을 통해 지금에 이르렀는지 놀라게 될 것이다. 당신의 진짜 모습은 숫자들 밖에 있는데. 내가 뻔한 질문만 한다면 당신도 당신만의 답을 들려줄 수 없다. 아, 너는 나를 '그런 사람'으로 보고 있구나.

나는 그것을 또 놓칠 뻔하고, 집으로 돌아와 한숨을 쉴 것이다. 세상 하나뿐인 당신을 세상이 정한 어떤 상자 안에 구겨 넣고, 상자 밖을 겉도는 질문만 하다 올까 봐 매번 두렵다.

당신을 만나러 간다. 오늘의 당신은 어제의 당신과 다를지 모른다. 내일의 당신은 또 다를 것이다. 나는 오늘의 당신을 만날 뿐이다.

준비한 질문지를 들고 간다. 당신도 어쩌면 준비한 대답을 품고 올 것이다. 우리가 만나면, 준비한 질문과 답은 다 잊기를 바란다. 다 소용없어지기를 바란다. 우리는 지금부터 새로운 이야기를 발견할 것이므로. 함께 지금부터의 이야기를 써나갈 것이므로.

나는 질문지 대신 당신을 볼 것이다.
오늘 보이는 그대로의 당신을 궁금해할 것이다.

당신의 진짜 모습은 숫자들 밖에 있는데.
내가 뻔한 질문만 한다면 당신도 당신만의
답을 들려줄 수 없다.

진실의 힘

어떤 사람의 삶은 쓰러진 뒤에 다시 시작된다. 마치 새로운 삶을 위해 쓰러졌던 것처럼. 이런 말은 가혹하고 무책임하다. 철저히 구경하는 사람의 태도다. 쓰러진 뒤에 다시 일어서는 것은 쉬운 일이 아니다. 쓰러진 뒤에 당연히 일어나야 하는 것도 아니다. '쓰러진다'와 '다시 일어서다' 사이에는 무수한 시간이 생략돼 있다. 나는 두 문장 사이에 일어난 일들을 알고 싶었다. 죄인도 영웅도 아닌, 평범한 사람들에게 일어난 어떤 일들을.

2009년, 나는 어느 법정 앞에 서 있었다. 간첩단 조작 사건의 재심 선고가 끝난 직후였다. 군사 정권 시절 위정자들은 민간인들을 간첩으로 조작해 나라의 군기를 잡았다. 무작정 잡아다 감금하고 고문하며 허위 자백을 강요했다. 피해자들은 법정에서라도 진실이 밝혀지리라 기대했지만, 판결문은 검사의 공소장과 다를 게 없었다. 가족이 함께 간첩으로 조작된 이들도 있었다. 그날 취재한 사건이 그랬다. 진도가족간첩단 조작 사건. 자다가 영문도 모른 채 끌려가 간첩이 된 이들은 28년 만에 재심을 통해 무죄 판결을 받았다.

법정 밖에서 피해자들을 기다렸다. 기자 생활을 시작한 지 4년 차, 재심 사건 취재는 처음이었던 나는 그때 조금 벅찬 마음이었던 것 같다. 법조*에서 취재하는 많은 사건들은 꽤 복잡해서 기사를 쓰기 어려웠다. 무리한 수사, 교묘한 변호, 무성의하거나 법을 멋대로 해석한 판결. 어떤 사건이든 이 세 가지 조건 중 하나에 걸렸다. 기사를 쓰면서도 '이렇게 쓰는 게 맞는 걸까?' 의심스러울 때가 많았다. 법은 어렵고 불친절했다. 이 사건은 달랐다. 모든 게 명백했다. 잘못된 수사, 잘못된 판결, 억울한 피해자. 너무 늦었지만 밝혀진 진실. 명예의 회복. 나는 그 어느 때보다 기사를 잘 쓸 수 있을 것 같았다. 빨리 기사를 쓰고 싶었다.

피해자들이 법정 밖으로 나왔다. 나를 포함한 기자들이

* 법원과 검찰 등을 출입(법조 출입)하며 관련 기사를 쓰는 기자를 법조기자라고 한다.

우르르 몰려갔다. "소감 한 말씀 부탁드립니다." 어색한 침묵이 흘렀다. 기자들을 잠시 보던 피해자 중 한 분이 말했다. "우리가 간첩이라고… 그때 신문 1면에 썼잖아요? 이제 우리가 간첩이 아니라고 다시 그만한 크기로 써줘요. 그래야 하는 것 아닙니까?" 그는 팔을 크게 휘저으며 말했다. 분노와 억울함이 똘똘 뭉친 몸짓이었다. 말문이 막혔고 얼굴이 벌게졌다.

기자실로 돌아와 옛날 신문을 찾아봤다. 혹시나 하는 마음이었는데 내가 속한 신문사도 그 사건을 크게 보도한 것을 확인할 수 있었다. 1981년 7월 31일자 1면 왼쪽 톱 기사. 〈부부, 아들 낀 고정간첩 7명 검거〉라는 제목과 함께 "진도를 거점으로 24년간 암약했다"는 다섯 명의 얼굴 사진이 실려 있었다. 조금 전 내가 만난 이들의 28년 전 모습이 흐릿한 흑백 사진 속에 있었다.

심장이 쿵쾅거렸다. 그날 재심 무죄 선고 기사는 사회면에 크지 않은 분량으로 실릴 예정이었다. 회사에 전화를 걸었다.

"선배, 아침에 보고드렸던 재심 사건 무죄 나왔는데요. 당사자 분이 예전에 신문 1면에 간첩이라고 보도했으니 무죄 판결난 것도 같은 크기로 보도해야 한다고… 찾아보니까 우리 신문도 1면으로 쓰긴 했습니다…."

"…맞는 말이지. 그렇긴 한데…."

휴대폰 너머로 한숨이 들렸다.

나도 알고 있었다. 그날 하루 일 중 가장 중요한 사건들을 선택해 보도하는 1면에 재심 사건이 실릴 가능성은 없다. 간첩 조작 사건 재심에서 무죄가 선고된 것이 처음도 아니었기에.

"안타깝지만 기사를 충실하게 잘 써드리자."

"네…."

쉽게 포기했다. 안 된다는 것을 알고 있었다. 그저 그렇게라도 마음의 무게를 선배와 나누어 지려는 심산이었다. 그날 쓴 기사는 잘 기억나지 않는다. 벅찬 마음과 자신감은 부끄러움으로 바뀐 지 오래였다.

진도가족간첩단 조작 사건은 1980년대에 일어난 일이다. 진도 농협에서 일하던 박동운 씨는 1981년 3월 7일 오전 5시쯤, 갑자기 권총을 차고 집에 들이닥친 안기부* 직원들에게 끌려갔다. 당시 박 씨는 막 계장으로 승진한 상황이었고 아들(5세), 딸(3세), 셋째를 임신한 아내와 함께 살고 있었다. 박 씨는 "양쪽 볼에 불그스레한 빛을 띠며 고요히 잠들

* 국가안전기획부의 줄임말. 현 '국가정보원'의 전 이름.

어 있는" 아들과 딸의 모습을 가슴에 담은 채 서울로 끌려갔다. 어머니 이수례 씨도 함께 잡혀갔다. 평온하던 박 씨 가족의 삶은 그날 이후 완전히 달라졌다.

안기부는 한국 전쟁 때 행방불명된 박동운 씨의 아버지 박영준 씨가 간첩이 되어 남파됐고, 가족들이 그의 간첩 활동을 도왔다고 주장했다. 가족들은 박영준 씨가 폭격을 맞아 사망했다는 소식을 전해 듣고 제사를 지내왔다고 주장했지만 소용없었다. 장남인 박동운 씨를 포함해 가족들끼리 확인한 것만 열두 명이 안기부에 끌려갔다. 가족들은 고문당할 때 옆방에서 나는 비명소리로 서로의 생사를 확인했다. 박 씨 가족을 오래 치료한 의사 오동민 씨에 따르면 "사람이 했다고 할 수도 없고, 사람한테 했다고 할 수도 없는" 고문을 최소 33일, 최장 63일까지 당한 이들은 결국 허위 자백을 했다. 법정은 검사의 공소장을 확인하는 장소에 불과했다. 박 씨 가족들은 "고문을 당한 흔적이라도 한번 보라"는 호소를 끝내 무시했던 판사의 이름을 기억한다. 그의 이름은 김헌무다. 가족 중 다섯 명이 간첩죄로 유죄 판결을 받았다. 그중 '핵심'으로 지목된 박동운 씨는 1981년 1심에서 사형 선고를 받았다가 2심에서 무기 징역으로 감형된 뒤 1998년 특사로 풀려났다.

박동운 씨보다 먼저 출소한 다른 가족들은 감옥보다 낫다고 하기 어려운 삶을 살고 있었다. 그의 고모 박미심 씨와 고모부 허현 씨가 돌아와보니 이웃집들이 텅 비어 있었다. 간첩 옆집에 살 수 없다는 이유로 떠나간 것이었다. 허 씨 부부의 아이들은 동네 아이들에게 새끼줄에 목이 묶인 채 끌려다니며 "간첩의 자식"이라는 욕설을 들어야 했다. 박동운 씨의 숙부는 탄원서를 들고 전국을 다녔다. 박동운 씨의 어머니는 절에 들어가 공양보살*로 살았다.

가족들은 박동운 씨가 출소한 1998년에서야 처음으로 모일 수 있었다. 숙부 박경준 씨 등 다른 가족들이 어렵게 모은 단서들을 토대로 '민주화실천가족운동협의회(민가협)'의 도움을 받아 자료 수집에 나섰다. 수사 기록을 내놓지 않는 검찰을 상대로 소송을 했고, 소송 끝에 1만 쪽이 넘는 자료를 복사했다. 국가 기록을 얻는 일에 자비를 들여야 했다. 복사비만 백만 원이 넘었다. 당시 관련 다큐멘터리를 제작하고 있던 KBS PD를 통해서도 중요한 자료를 확보할 수 있었다. 2000년경에는 조용환 변호사를 만났다. 아무도 재심이 가능하다고 생각하지 않았고, 아무도 맡으려 하지 않았을 때였다. 조 변호사는 박동운 씨에게 말했다. "무죄를 받

* 절에서 승려들의 식사를 담당하는 사람.

을 수 있을지 없을지 약속은 못 하지만 끝까지 해보겠습니다." 재심 청구를 준비하는 동안 노무현 정부가 들어서고 '진실 · 화해를 위한 과거사정리위원회(과거사위)'가 만들어졌다. 과거사위가 박동운 씨 측에 진실 규명 신청을 해달라고 요청해서 신청했지만, 2년이 지나도록 결정이 나지 않았다. 결국 박동운 씨 가족들은 과거사위의 결정이 나지 않은 상태로 재심을 청구했다.

재심을 청구한 뒤에도 가족들은 기다리고 또 기다려야 했다. 법원은 박동운 씨 가족 사건보다 늦게 재심이 청구된 사건들은 처리하면서도 이 사건만은 질질 끌었다. 박 씨의 어머니 이수례 씨가 혼수상태에 빠지고 재판부에 항의를 한 뒤에야 재심 개시* 결정이 났다. 조용환 변호사는 "간첩 조작 사건 재심 재판 초기에는 법원이 (피해자들에 대한) 편견과 적대감이 상당히 컸다"고 말했다. "불법 구금, 고문을 당한 건 알겠는데, 당신들 간첩인 건 맞지 않아? 하는 거죠. 박동운 씨 가족 사건은 단계마다 순조롭게 진행된 것이 하나도 없어요."

* 재심을 시작하겠다는 결정. 재심 사건의 경우 재심 청구부터 재심 개시 결정까지, 그리고 실제 재심 판결이 나올 때까지 상당한 시간이 걸린다.

2009년 11월 13일. 박 씨 가족은 서울고등법원에서 무죄 판결을 받았다. 1981년 11월 3일 박동운 씨가 사형 선고를 받은 지 28년 만의 판결이었다. 재심 사건을 처음으로 취재한 내가 벅찬 마음으로 소감 따위를 묻던 바로 그날이었다.

그날 이후, 박동운 씨 가족의 삶은 어떻게 됐을까. 진실이 밝혀진다. 형사 보상금과 손해 배상금을 받는다. 새로운 삶을 시작할 힘을 얻는다. 과거는 여전히 아프지만, 미래는 평안할 것이라는 믿음을 갖는다….

이야기는 전혀 다른 방향으로 흘러갔다. 2019년 7월 10일, 나는 진도로 떠났다. 박동운 씨 가족을 만나기 위해. 이들이 재심에서 무죄 판결을 받은 지 10년만이었다.

박동운 씨의 집으로 갔다. 근처에 사는 고모 박미심 씨, 고모부 허현 씨도 함께 했다. 나를 기억할 리 없지만 나는 기억하는 그들의 모습을 찬찬히 보았다. 허현 씨에게 인사를 건넸다. "재심에서 무죄 판결 났을 때요. 예전에 신문 1면에 간첩이라고 썼으니 무죄인 것도 1면에 똑같이 써야 한다고 말씀하셨던 것 기억나세요? 그때 제가 앞에 있었습니다." 다시 부끄러운 기억을 꺼냈다. 허현 씨가 웃었다. "내가 그랬을 거예요. 기가 막혀서. 뭐 이런 세상이 있냐고요. 무죄는 나왔는데 시원하고 그런 것도 없어요."

그랬다. 10년이 지났지만 이들에게 무죄 판결문을 받은 것 외에 달라진 것은 별로 없었다. 재심 사건에서 무죄 판결이 나면 국가의 불법 행위에 대한 손해 배상(국가 배상)이 이뤄져야 하지만, 10년 동안 박 씨 가족은 배상을 받지 못했다. 배상 역시 국가와의 소송을 거쳐야 했기 때문이다. 형사 재판에서 무죄를 받았지만, 국가 배상을 받으려면 다시 피해자가 민사 소송을 제기해 피해 사실을 입증해야 했다. 법이 그랬다. 법이 그렇다고 했다. 국가가 변론을 포기하고 배상금을 지급하면 됐지만 그렇게 하지 않았다. 다시 처음부터 시작해야 했다.

형사 재심에서 무죄가 난 지 3년여 만인 2012년 7월, 박동운 씨 가족은 국가를 상대로 한 손해 배상 청구 소송에서 승소했다. 역시나 오래 걸렸지만 당연한 결과였다. 이제 대법원에서 판결만 나면 된다. 그런데 여기서 다시 국가는 이들에게 야만적인 얼굴을 보인다. 박근혜 정부였던 2013년, 대법원은 갑자기 과거사 손해 배상의 청구 기간을 (재심에서 무죄가 확정된 날로부터) 3년에서 6개월로 축소하는 궤변을 만들었다. 박 씨 가족은 대법원이 새로 만든 기준보다 2개월 늦었다는 이유로 손해 배상 재판에서 패소(2014년, 대법원)

판결을 받았다. 갑자기 '6개월'이라는 '논리'를 만들어낸 것도 황당하지만, 박 씨 가족의 손해 배상 청구가 대법원 기준보다 늦어진 것은 사실 법원 때문이었다. 손해 배상을 청구하려면 박동운 씨의 아버지 박영준 씨에 대한 실종 선고가 필요했는데 법원은 접수를 받고 1년 넘게 끌다가 실종을 선고했다. 절차, 법, 기준, 원칙, 미루기… 국가는 계속 새로운 궤변으로 이들을 괴롭혔다.

박근혜 정부의 대법원이 이토록 이상한 궤변을 만든 이유는 나중에 밝혀진다. 대법원이 숙원 사업이었던 상고 법원 설치를 위해 당시 정권이 불편해하던 국가 폭력 피해자들에게 가야 할 배상금을 주지 않아도 되는 논리를 만들어 '거래'를 시도한 것이다. 이 사실은 양승태 대법원장 시절 벌어진 사법농단* 관련 문건이 세상에 드러나면서 밝혀졌다.

조용환 변호사가 이 이상한 대법원의 '논리'에 대해 헌법 소원을 제기했고, 헌법 재판소는 2018년 8월 위헌 결정

* 대법원이 상고 법원 도입을 위해 청와대와 일부 국회의원이 원하는 방향에 맞춰 재판에 개입했다는 의혹. 당시 대법원장 등이 구속 기소됐고, 2023년 11월 현재까지 일부 재판이 진행 중이다.

을 내렸다. 대법원의 '논리'가 잘못됐다는 뜻이다. 다시 손해배상 재판이 시작됐고 고등 법원에서 배상 판결이 나왔다.

이제 정말 끝일까. 놀랍게도 아니다. 문재인 정부의 법무부에선 이 사건에 대해 다시 상고를 제기했다. 법무부가 배상 판결을 인정하지 않고 대법원에서 한 번 더 판단을 받아보겠다며 다시 소송을 제기한 것이다. 법무부는 여기서 대법원과 헌법 재판소가 최고 법원 자리를 두고 위상 싸움을 하는 상황을 악용했다. 헌법 재판소의 결정은 '한정 위헌'이므로 재심을 받아주지 말고 각하해야 한다고 주장했다. 할 수 있는 모든 방법을 동원해 박 씨 가족에 대한 배상을 미루고 버티는 것이 국가가 보여준 얼굴이었다.

내가 박동운 씨 가족을 다시 만난 것은 바로 그때였다. 국가가 이들을 간첩이라며 법정에 세운 지 38년째, 아직도 그들은 국가의 마지막 판결문을 기다리고 있었다. 38년 동안 국가는 여러 번 얼굴을 바꿨고, 얼굴이 바뀔 때마다 새로운 방법으로 그들을 괴롭혔다. 생생하게 남아 있는 고문의 상처를 촬영하며 취재를 함께한 사진기자가 조용히 말했다. "아직 이분들에 대한 고문이 끝나지 않은 것 같은데요…."

서울로 돌아와 기사를 쓰기 시작했다. 첫 문장을 고르는 것이 어렵지 않았다. "박동운 씨 가족은 38년째 싸우고 있다. 상대는 국가다." 기사의 제목은 이렇게 적었다.

"38년이 지난 오늘… 국가의 고문은 끝났습니까."

박동운 씨 가족은 2020년 2월 27일 대법원에서 최종 승소 판결을 받았다. 박동운 씨가 새벽, 잠든 아이들을 뒤로하고 어머니와 함께 끌려간 지 39년 만이었다. 그때 쓴 기사가 도움이 되었을까. 나를 비롯해 여러 언론사에서 법무부의 상고를 비판하는 기사를 썼다. 아마, 어쩌면 조금은 도움이 되었을지 모른다. 아마, 어쩌면 조금도 도움이 되지 않았을지 모른다.

그런데 나는, 그때 쓰고 싶은 이야기가 더 있었다. 그 이야기를 지금 여기에 쓴다. 국가가 죄 없는 이들을 간첩으로 조작했다. 그리고 39년 뒤에야 국가의 잘못을 인정했다. 그 사이에 그들은 어떻게 살았을까.

그들은 타인을 도우며 살았다. 박동운 씨 가족은 다른 간첩 조작 사건 피해자들, 인권 활동가들, 변호사, 의사들과 함께 2009년 6월 '진실의 힘'이라는 재단을 만들었다. 그리고 다른 피해자들을 돕기 시작했다. 아직 진실이 밝혀지지 않은 간첩 조작 사건의 피해자들, 용산 참사 피해자들, 쌍용차 집단 해고 피해자들, 세월호 참사 피해자들을 만나고 지원했다. 2016년에는 세월호 참사에 대한 모든 기록을 집대성한 『세월호, 그날의 기록』을 출판하기도 했다. 형제복지원 사건, 스쿨미투, 로힝야 난민 등 진실 규명 활동을 돕고 인권과 관련된 지원 사업을 진행했다. 이런 일에는 마음도 중요하지만 돈이 필요하다. 이 돈은 어떻게 모였을까. 피해자들이 국가로부터 받았거나 받을 예정인 배상금을 모았다. 조용환 변호사는 받은 수임료를 이곳에 썼다. 그러니까 이들은 국가가 배상금을 지급하기도 전부터 생계 활동으로 번 돈을 미리 모아서 타인을 돕는 재단을 만든 것이다.

동화인가? 처음 이야기를 들었을 때, 국가가 이들에게 오랫동안 저지른 폭력보다도 이들이 살아온 삶이 더 믿을 수 없다고 생각했다.

어떻게 그럴 수 있죠? 박동운 씨는 말했다. "감옥에 있을 때 국제엠네스티에서 보내주는 응원 편지를 받았어요. 나를 알지도 못하고 나를 만나본 적도 없는 사람들이 나를 믿는다고. 힘내라고 해주더라고요. 그것이 너무 고마웠어요. 그래서 나도 그때 결심했지요. 잊지 않겠다고. 감옥을 나가면 반드시 다른 사람들을 돕겠다고요." 박동운 씨의 어머니 이수례 씨는 이런 유언을 남겼다고 한다. "우리처럼 억울한 사람 지발 도와주라." 박동운 씨는 말한다. "저는 믿습니다. 인간의 삶은 폭력보다 강하다고요."

박동운씨와 '진실의 힘' 사람들은 스스로를 "상처받은 치유자"라고 부른다. 국가가 폭력을 휘둘렀다. 그리고 수십 년의 세월이 흘렀다. 그 사이 상처받은 피해자였던 이들은 타인의 고통을 이해하고 치유하는 사람이 되었다.

어떤 사람의 삶은 쓰러진 뒤에 다시 시작된다. 국가는 그들을 쓰러뜨렸지만 그들을 간첩으로 만드는 것에도, 피해자에 머물게 하는 것에도 실패했다. 그들은 일어났고, 자신들처럼 쓰러진 타인에게 마음을 주었다. 그리고 삶으로 증명한다. 이것이 우리의 끝이 아니라고. 우리의 연대는 어떤 폭력보다 강하다고. 우리는 그렇게 살아가고 있다고. 이것이 진실의 힘이라고.

어떤 사람의 삶은 쓰러진 뒤에 다시 시작된다.
국가는 그들을 쓰러뜨렸지만
그들을 간첩으로 만드는 것에도,
피해자에 머물게 하는 것에도 실패했다.

"저는 믿습니다.
인간의 삶은 폭력보다 강하다고요."

어쩌다 우리가 만나서

어쩌다 당신이었을까요. 왜 지금이었을까요. 이유는 당신도 나도 모릅니다. 그런 건 필요하지 않을지도 몰라요. 우리가 지금 만났다는 게 중요하니까요.

당신을 만나고 싶다고 먼저 마음먹은 건 나였어요. 당신이 쓴 어떤 문장을 읽다가, 당신의 목소리를 들어보다가, 당신이 겪어온 일들을 헤아려보다가, 당신의 표정을 바라보다가 문득 당신이 궁금해졌습니다. '당신은 왜. 당신은 어떻게.' 이 두 마디를 오갑니다. 그러다 '당신은 어쩌면, 당신은 앞으로'를 가늠하자 만나지 않을 수 없겠다 싶어졌습니다. 당신을 만나야만 들을 수 있을 당신의 이야기. 그 이야기를 놓치고 싶지 않다는 생각이 나를 움직였습니다.

당신을 어떻게 만날 수 있을까. 나는 궁리합니다. 당신이 나를 만나고 싶어질 만한 이유를 떠올려봅니다. 우리가 마주할 시간과 그 시간 동안 함께 찾아갈 이야기들을 생각해봅니다. 당신에 대한 나의 관심, 호기심은 괜찮은 걸까. 그 마음이 당신을 찌르진 않을까 조심스레 짚어봅니다. 우리가 만나고 난 뒤 당신도 나도 조금은 달라질 수 있을까. 그 변화는 좋은 쪽일까도 상상해봅니다. 상상보다는 소망에 가깝습니다. 한 사람의 세계와 또 한 사람의 세계가 만나서, 조금이라도 두 사람의 삶을 변화시킬 수 있기를. 너무 큰 바람일까 종종 머쓱해지기도 합니다. 그렇게까지 여길 일인가 싶기도 합니다. 그러나 우리는 매 순간 조금씩 달라지기도 하니까요. 어제의 나와 오늘의 나, 아침의 나와 저녁의 나는 미세하게 다를 겁니다. 뻔하고 지겨운 하루하루 같아도, 우리는 아주 똑같지는 않고 그 작은 변화는 마침내 우리를 다른 삶으로 데려갈지도 모릅니다. 우리가 함께 그런 어떤 순간을 맞을지도 모른다는 기대를 어쩐지 하고 싶습니다.

당신이 내가 생각한 것과 다를 수 있다는 마음의 준비도 합니다. 그런 경우도 종종 있었습니다. 놀라고 실망할 때도 있었지만, 이제는 놀라고 실망하는 나를 돌아보게 됐습니다. 만나기도 전에 당신에 대한 몇 가지 정보만으로 멋대로 당신을 상상하진 않았는지. 당신이 어떤 이야기를 들려주리라 뻔한 마음으로 기대하고 바라진 않았는지. 고작 그런 촌스러운 마음으로 당신을 불러내진 않았는지. 그런 섣부름은 경계하고 또 경계하려 애씁니다. 오늘의 당신이 언젠가의 당신과는 다를 수 있다는 것을 잊지 않으리라, 당신의 일부로 당신과의 몇 시간만으로 당신을 함부로 판단하지 않으리라 다짐합니다. 사람이 사람을 안다는 것은 얼마나 어려운 일입니까. 사람이 사람을 안다고 생각하는 것은 얼마나 위험한 일입니까. 거울 속의 나조차 낯설 때가 많습니다. 그러니 어떤 당신이라도 나는 만나고 싶다고 다시 마음먹습니다.

고르고 고른 말들을 담아 당신에게 만남을 청합니다. 나는 누구이고, 당신을 왜 만나고 싶은지, 당신을 만나 무엇을 하고 싶은지 설명합니다. 보통 당신은 뒷걸음칩니다. 단호하게 돌아설 때도 있고, 머뭇거리며 낯선 이를 조용히 살피기도 합니다. 아주 가끔이지만 흔쾌히 손을 잡아줄 때도 있습니다. 거부감과 두려움, 호기심, 반가움… 이 모든 첫 마음을 나는 소중히 받아 안습니다.

염려되는 마음을 잘 알기에, 나는 당신을 설득합니다. 당신이어야 하는 이유, 꼭 당신이어야만 하는 마음을 구구

절절 전합니다. 이 과정이 여러 계절 동안 계속될 때도 있습니다. 그래도 나는 기다립니다. 결국 만날 수 없다고 말하는 마음에도 고개를 끄덕입니다. 마침내 당신이 마음을 열면, 덜컥 겁이 나기도 합니다. 당신에게 보낸 편지보다 실제의 내가 너무 얕은 사람일까 봐 마음이 쪼그라들었다 이내 기지개를 켭니다. '어떤 나'라서 당신을 만날 수 있는 건 아니라고. '어떤 당신'이라도 내가 괜찮은 것처럼. 다시 힘을 내어보기 시작합니다.

설레는 마음으로 당신과의 만남을 준비합니다. 당신이 많이 알려진 사람이라면, 이미 드러난 정보들에 너무 휩쓸리지 않으려 노력합니다. 당신에 대해 드러난 정보들이 적다면, 더 많은 질문과 더 다양한 상황을 그려봅니다. 당신의 직업, 당신의 성 정체성, 당신의 나이, 당신이 겪은 어떤 사건들로 당신을 쉽게 상상하지 않겠다고 다시 다짐합니다. 당신이 어떤 사람이든 가장 궁금한 것은 당신의 일상입니다. 당신의 하루를 상상해봅니다. 당신의 어떤 순간들이 모여 지금의 당신이 되었을까 생각합니다. 우리는 어쩔 수 없이 어떤 명함과 어떤 직함과 어떤 사건과 사고들을 앞에 두고 만나겠지만, 그것들이 다 보여줄 수 없는 당신의 평범한 하루 속으로 들어가보고 싶습니다.

드디어 당신을 만나러 갑니다. 많은 질문을 준비했지만, 그런 건 다 소용없어집니다. 나는 잘 듣고, 듣고 또 듣습니다. 나는 잘 보고, 보고 또 봅니다. 우리의 대화는 당신이 이끄는 곳으로 흘러갑니다. 당신의 대답에 따라 나는 다음 질문을, 다음 걸음을 준비합니다. 우리가 결국 어떤 곳으로 갈지는 당신도 나도 모릅니다. 그건 가봐야 아는 길입니다. 나는 당신이 내어주는 만큼만 당신과 함께할 수 있습니다. 당신이 허락한 시간 동안, 당신이 보여주는 만큼.

그러나 그것이 다는 아닙니다. 당신이 다 말하지 못한 어떤 것. 당신이 마음속에 품고 차마 다 꺼내지 못한 어떤 것. 희미한 마음으로 시작했다가도 운이 좋으면 나는 그것을 느낄 수 있습니다. 말하지 않아도, 말하지 못해도. 말줄임표 속에 더 많은 말을 담은 당신의 마음을 나는 듣습니다. 망설이던 표정 속에 숨은 더 큰 이야기를 조용히 짐작합니다.

만남이 끝나갈 때쯤 마음속엔 한 문장이 떠오릅니다. 당신을 세상에 보여줄 열쇠가 될 말입니다. 그런 문장이 떠오를 때면 나는 우리의 만남이 헛되지 않았다고 느낍니다.

우리는 모두 인생의 관찰자, 기록자가 필요합니다. 당

신과 나는, 함께 길을 내었습니다. 누군가 물어야만 할 수 있는 말, 누군가 들어줘야만 할 수 있는 말. 나도 모르게 알게 된 나의 진심. 표현하고 나니 조금 더 뚜렷해진 나라는 사람. 두 사람의 세계가 만날 때만 찾을 수 있는 마음의 길. 나는 그것을 '인터뷰'라고 부르고 싶습니다.

인터뷰를 마치고 돌아간 밤, 우리는 각자 무슨 생각을 하고 있을까요. 어떤 말은 꺼내지 못해서, 어떤 말은 굳이 하고 말아서 후회하고 있을 당신을 안심시키고 싶습니다. 아무리 애를 써도, 우리는 서로를 조금씩은 오해하고 조금씩은 놓쳤을 겁니다. 우리의 만남은 때때로 글이 되지 못합니다. 기록되지 않습니다. 아무 일도 없었던 것처럼, 어딘가로 휘발된 것처럼. 세상에는 보이지 말자는 약속을 나누게도 됩니다. 그래도 괜찮습니다. 우리는 무언가를 생각했고, 무언가를 이야기했고, 무언가를 나누었습니다. 그건 아무것도 아닌 일이 아닙니다. 우리의 삶은 인터뷰 이전과 이후로 조금 달라졌습니다. 그것은 오래오래 우리의 마음속에 어떤 무늬를 남길 거라고 믿습니다. 아주 오랜 시간이 흐른 뒤에, 나는 당신을 다시 만나고 싶습니다. 어쩌다 만난 우리가 나눈 것들에 대해, 그리고 이어진 하루하루에 대해 다정하고 긴 인사를 나누고 싶습니다.

사람이 사람을 안다는 것은 얼마나 어려운
일입니까. 사람이 사람을 안다고 생각하는 것은
얼마나 위험한 일입니까. 거울 속의 나조차 낯설
때가 많습니다. 그러니 어떤 당신이라도 나는
만나고 싶다고 다시 마음먹습니다.

한 사람의 세계와 또 한 사람의 세계가 만나서,
조금이라도 두 사람의 삶을 변화시킬 수 있기를.

그들은 영웅이 되고 싶지 않았다

황상기 씨를 처음 만났을 때 그의 얼굴이 거짓말 같다고 생각했다. 12월 강원도 속초 바닷가. 직접 운전한 택시에서 내린 그는 웃으며 첫인사를 건넸다. 나쁜 일 한 번 겪지 않았을 것 같은 해사한 얼굴. 매일 자연스럽게 지은 미소가 주름이 된 얼굴. 그 주름 사이로 흘렀을 많은 눈물을 생각하다 나의 뻔함을 야단치고 싶어졌다. 이런 것이 함부로 구는 것이다. 함부로 어떤 이를 추측해버리는 것.

"오느라 힘들었죠. 여기가 바닷가라 바람이 좀 세게 부는데…."

황상기 씨가 다시 웃으며 길을 안내했다. 다정한 웃음

으로 이야기를 시작하게 될 줄은 몰랐다. 와하하하하 또는 으하하하하 크게 소리 내어 발산하는 웃음이 아니라 하얗고 따뜻한 김 같은 것이 새어나오는, 노랗게 흔들리는 불빛 같은 웃음. 웃음이 자연스러운 사람 곁을 따라 걸으니 나도 마음이 차분해졌다. 나중에 알았지만 그날 그는 오전에 치과에서 이를 네 개나 뽑았다. 딸을 잃고 10년 넘게 싸우는 동안 그는 몸을 제대로 돌보지 못했다. 그날 그에게 많은 것을 물었지만, 이 문장만은 쓰지 않았다. '괜찮으세요?' 그보다 더 무례한 질문은 없을 거라고 생각했다.

황상기 씨의 딸은 아버지가 운전하던 택시 뒷자리에서 숨졌다. 교통사고는 아니었다. 2007년 3월 6일, 수원 아주대학교 병원에서 백혈병 치료를 받고 속초 집으로 가던 길. 딸의 심상치 않던 숨소리를 들은 황상기 씨와 부인 박상옥 씨는 영동고속도로 갓길에 급히 차를 세웠다. 박상옥 씨가 울며 딸의 눈을 감겼다. 이제는 많은 사람들이 아는 삼성반도체 백혈병 피해자* 황유미 씨의 마지막이다. 성적 장학생으로 취직해 회사 기숙사로 떠나는 딸을 속초 시외버스 터미널에서 기쁜 마음으로 배웅한 지 3년 5개월 만에 부부는 딸을 영원히 잃었다.

* 삼성반도체 백혈병 사건. 삼성전자 반도체와 LCD 공장에서 일한 노동자들이 유해물질에 노출돼 병에 걸리거나 사망했다.

상상할 수 없는 시간을 통과해온 사람들이 있다. 황상기 씨는 쉰두 살에 딸을 잃고 싸움을 시작했다. 산업재해는 그때나 지금이나 인정받기 어렵고 상대는 삼성이었다. 모두가 가망이 없는 일이라고 생각했지만 그는 포기하지 않았다. 삼성반도체 피해자 모임 '반올림'을 만들고 딸과 같은 피해자들을 위해 싸웠다. 딸에게서 백지 사표를 받아간 회사는 나중에 그에게 백지 수표를 내밀었다. 그만하라고. 조용히 하면 원하는 만큼 주겠다고. 그는 타협도 포기도 하지 않았다. 어렵고 복잡한 과정들을 하나하나 물리쳐갔다. 반도체 공정 과정과 유해물질들의 이름, 재판 용어와 절차까지. 딸을 아프게 한 약품의 이름들을 읽어가며 그는 어떤 마음이었을까.

개인의 병일 뿐이고, 작업장에서 유해물질은 쓰지 않는다고 했던 삼성은 결국 2018년 11월 '삼성전자 반도체 등 사업장에서의 백혈병 등 질환 발병과 관련한 문제 해결을 위한 조정위원회'가 만든 최종 중재안에 서명했고 공식 사과문을 발표했다. 황유미 씨가 세상을 떠난 지 4280일 만이었다. 삼성의 인정과 사과가 늦어지는 동안 피해자 수는 계속 늘었다. 합의안에 도출된 2018년 11월 기준 산업재해 피해를 주장한 450명 중 151명이 세상을 떠났다.*

이 합의는 황상기 씨를 비롯한 여러 피해 가족들이 개인별 보상액을 낮추고 피해 가능성이 있는 사람을 최대한 포함하는 쪽으로 양보했기에 가능했다. 내가 황상기 씨를 처음 만난 건 그 직후였다. 누군가 택시비를 떼어먹고 도망가도 허허 웃기만 할 것 같은 그는 마지막 합의문을 쓰는 순간까지도 망설였다고 했다. 합의안에 빠진 휴대폰 제조 하청 업체와 협력 업체 노동자들이 생각났기 때문이다. 그들의 억울함을 황상기 씨는 누구보다 이해하고 마음 아파했다.

황상기 씨를 다시 만난 건 2019년 4월 28일 마석 모란공원이었다. 태안 화력발전소 산업재해** 사망자 김용균 씨의 추모 조형물 제막식이 있던 날이었다. '세계 산업재해 사망 노동자 추모의 날'이기도 했던 이날, 황 씨는 김용균 씨의 어머니 김미숙 씨의 곁에 있었다. 김미숙 씨는 아들을 잃고 먼저 같은 길을 걸어야 했던 황 씨에게 만남을 청했다고 했

* 반올림은 이후에도 계속 피해자들의 산업재해 신청과 소송을 지원하고 있다. 반올림은 2008년부터 2023년 7월 15일까지 근로복지공단을 상대로 179명의 산업재해 신청을 지원했다.

** 2018년 12월 10일 태안 화력발전소에서 일하던 김용균 씨가 야간 근무 중 컨베이어 벨트에 끼어 사망한 사건. 이 사건을 계기로 발전소의 미흡한 안전 대책과 위험한 근무 조건이 공론화되었다.

다. 김미숙 씨는 말했다. "이분이 저에겐 선생님이십니다."

황상기 씨와 김미숙 씨 곁에는 또 다른 사람들이 있었다. 모두 산업재해로 가족을 잃은 사람들이었다. '당신 자식이 나약해서 자살한 것이다, 규정을 어겨서 죽은 것이다, 죽은 자식 가지고 장사한다' 등의 말 뒤에서 조용히 가슴을 치며 쓰러져 있던 이들은 황상기 씨, 김미숙 씨와 손을 잡고 산업재해 가족 네트워크 '다시는'을 만들었다. 다시는 나와 같은 아픔을 겪는 이들이 생기지 않도록, 다시는 이렇게 억울한 죽음이 없기를 바라며 만든 모임이다. 이들은 억울한 피해자가 생길 때마다 달려갔고, 손을 내밀었고, 필요한 목소리를 냈고 결국 중대재해처벌법*이 시행(2022년 1월 27일)되는 데 결정적인 기여를 했다.

나는 궁금했다. 아무리 노력해도 이제 사랑하는 자식은 돌아올 수 없고. 보상도 끝났고. 사람들 앞에서 자식의 죽음을 계속해서 말하는 것은 아무리 여러 번을 해도 고통스럽지 않을 리 없고. 어떤 이들은 여전히 자식 잃은 사람들을 야만스럽게 모욕하고 조롱하는데. 왜 이 사람들은 지치지

* 사업장에서 안전 의무를 다하지 않아 중대산업재해가 발생할 경우 경영 책임자에게 의무를 부과하고 처벌할 수 있도록 한 법.

않고 계속하는 걸까. 어떻게 그럴 수 있을까.

멍청한 질문이 되리라 알면서도 황상기 씨에게 물어봤다. 그가 내놓은 대답은 '연탄'이었다.

"연탄이라는 것은 광산 노동자들이 자기 목숨을 다 바쳐서 캐낸 것이잖아요. 제가 택시 운전을 해서 먹고 살 수 있었던 것도 누군가가 비포장도로를 깔끔하게 포장해줬기 때문이에요. 여태껏 살면서 나는 다른 노동자들로부터 엄청난 혜택을 받고 살아왔거든요. 그럼 나도 다른 노동자들, 미래의 노동자들에게 무언가 조금이라도 도움이 되도록 노력해야 된다고 생각합니다."

왜 어떤 사람들은 자신이 받은 고마움을 기억하고야 마는 것일까. 왜 어떤 사람들은 아픔으로 길을 내야만 하는 것일까. 사람을, 사회를, 회사를, 세상의 선의를 지나치게 믿었던 이들은 왜 말할 수 없는 고통을 겪고 영웅이 되어야만 했을까.

황상기 씨를 만나고 돌아오는 길마다 나는 한없이 부끄러웠다. 도움을 청할 곳이 없어 방송사 뉴스 말미에 나온 제보 전화번호로 걸었다가 "산업재해 인증서를 갖고 오면 방송해주겠다"는 말을 들었다던 황상기 씨의 어느 날을 생각했다. 그 전화를 받은 사람이 나였다면 어떻게 했을까. 너무 늦은 눈물이 부끄러워서 울지도 못했다. 이 벽 같은 세상에 기어이 길을 내는 어떤 사람들에게 너무 큰 빚을 지며 살아가고 있다.

왜 어떤 사람들은 자신이 받은 고마움을
기억하고야 마는 것일까.
왜 어떤 사람들은 아픔으로
길을 내야만 하는 것일까.

사람을, 사회를, 회사를, 세상의 선의를 지나치게
믿었던 이들은 왜 말할 수 없는 고통을 겪고
영웅이 되어야만 했을까.

이 미친 세상에
어디에 있더라도 행복해야 해

그날, 내가 무슨 옷을 입었더라. 모르겠어. 봄이니까 무거운 옷차림은 아니었을 거야. 마음은 무거웠을 거야. 법조 출입이라 법원과 검찰청이 모여 있는 서초동으로 출근할 때였거든. 새벽에 눈을 뜨면 제일 먼저 뉴스를 체크했어. 대검찰청, 서울중앙지검, 대법원 같은 단어들을 검색 엔진에 넣고 다른 기자들이 쓴 기사들을 봤지. 혹시 내가 몰랐던 건 없는지, 놓친 건 없는지. 없으면 안도하며 시작하는 하루. 낙종(특종을 놓치는 것)했다면 짜증, 자책과 함께 정신없는 아침이 시작됐어. 여기저기 전화를 걸어서 그 기사가 맞는지, 내가 좀 더 알 수 있는 건 없을지 알아보곤 했어.

매일 와르르 와르르 무너지며 시작하는 하루, 어지럽

게 무너진 것들을 간신히 정리하느라 보내는 하루, 그 긴 하루의 끝에 남은 건 뭘 쌓아올린 것도 아니고 그저 제자리에 놓여 있을 뿐인, 제로의 상태. 무언가 되어보려 했는데, 아무것도 되지 못한 하루. 그런데 왜 이렇게 피곤하지. 시시포스도 정상까지 밀어 올린 돌이 다시 굴러떨어졌을 때 처음엔 놀라고 짜증났겠지만, 백 번쯤 한 뒤엔 그러려니 했을 거야. 이것이 나의 운명이구나. 나는 이렇게 살아야 하는구나.

아직 아무것도 굴러떨어지지 않았지만, 마음엔 두꺼운 목장갑을 단단히 끼고 출근하던 날들. 그래도 내가 만원 버스는 안 타는 사람이라는 자부심으로 출근만은 일찍 하던 날들. 그날 역시 그런 날 중 하루였을 거야.

아침은 안 먹었지만 점심을 먹은 건 기억나. 타사 선배랑 어떤 공안부 검사와 먹었거든. 가기 전부터 가기 싫어서 최대한 늦게까지 기자실에서 미적거렸던 게 생각나. 뉴스를 봤지. 인천을 떠나 제주로 향하던 여객선이 진도 앞바다에서 좌초됐다고. 별로 놀라지도 않았어. 요즘 세상에 배가 뒤집혀? 수습되겠지. 점심 장소가 어디죠. 선배, 제가 꼭 가야 될까요. 이런 대화를 하던 중에 속보가 떴어. 전원 구조. 역시 놀라지도 않았어. 다행이다. 아휴, 늦었다. 밥 먹으러 가자.

한식당이었던 것 같아. 처음 보는 검사와 인사했어. 그땐 법조기자들과 검사들이 일상적으로 밥도 먹고 술도 마실 때였어. '인사나 합시다'의 자리지만, 기자도 검사도 처음 보는 자리에선 긴장하고 있다는 것을 서로가 알지. 이건 그냥 밥만 먹는 자리가 아니고, 서로에게 어떤 인상을 남겨야 하며, 각자 어떤 검사 또는 어떤 기자인지를 탐색하고 알리기도 하고, 앞으로 있을 어떤 사건에 대비해 친분을 다져두어야 하는 자리니까. 나는 그런 자리를 속으로 이렇게 부르곤 했어. '제 전화 좀 받아주세요 자리'라고. 사건이 터졌을 때 전화라도 한번 해볼 수 있는 사람이 있는 게 중요하니까. 부적절한 말을 하면 기사를 쓸 수도 있으니까, 아마 대부분의 검사들도 조심조심하는 마음으로 기자를 만나러 왔을 거야. 없던 교양과 예의까지 끌어모으는 자리. 밥은 뭘 먹어도 맛있기 힘든 자리.

그날 처음 본 검사는 그런 예상을 다 깨버렸어. 대단했어. 와, 정말 다시 생각해도 대단했어. 그 검사는 이틀 전 있었던 국정원 간첩 조작 사건* 수사 결과 발표를 얘기하면서 억울해했어. 유우성은 분명히 간첩인데 증거에 발목이 잡

* 서울시 공무원으로 근무하던 유우성 씨를 검찰이 간첩 혐의로 구속 기소한 사건. 이후 재판 과정에서 국정원이 검찰에 제출한 증거 자료가 조작된 사실이 드러났고 유 씨는 무죄 판결을 받았다.

혀서 놓치게 됐다는 거야. 그 사건은 이렇게 됐어. 검찰이 유우성 씨가 간첩이라고 재판부에 낸 증거가 조작된 것으로 드러났어. 증거는 국가정보원이 검찰에 건넨 것이었는데, 검찰의 수사 결과 발표는 이랬어. 검찰은 국정원에 속았고, 국정원은 정보원(블랙요원들)에 속았다. 한마디로 검찰은 간첩 사건을 조작할 악의가 없었고 단지 부주의했다는 거야. 기소의 최종 책임자인 검찰이 책임보다는 '우리 멍청해서 속았어요'를 택한 수사 결과 발표였어.

사건을 담당하지도 않은 그 검사는 목이 빨개지도록 말했어. 판사가 서류만 보고 피고인이 간첩인지 아닌지 어떻게 아느냐는 거야. 유우성 씨가 간첩이 아니라고 판결한 법원을 비난한 거지. 나는 물었어. 직접 수사하지도 않은 검사님은 어떻게 유우성 씨가 간첩이라고 확신하죠. 그가 말했어. "아휴, 우리야 딱 보면 알지요. 판관 포청천 아시죠. 그 시대로 돌아가야 해요. 검찰이 수사도 하고 재판도 하고 집행도 하고… 포청천이 작두를 대령하라~ 하잖아요. 껄껄껄." 이 사람은 젊은 날 사법 시험을 보는 데 지능을 다 써버린 것일까. 헌법을 부정하는 발언을 왜 오늘 처음 보는 기자에게 하는 건지 기가 막혔어. 아, 오늘은 뭐가 무너지는 날이 아니라 집어던지고 싶은 날이네. 자리를 주선한 선배가 내내 돌 씹은 표정을 하고 있다가 검사의 말을 끊었어. "아무래도 전원 구조는 오보인 것 같네요. 그만 들어가시죠."

여기까지는 잘 기억이 나는데, 그 이후의 시간은 모르겠어. 잘 모르겠어. 기자실로 돌아와서 내가 뭘 했더라. 아마 돌아오는 내내 씩씩거렸을 거야. 문제의 발언을 기사로 쓸까. 오프더레코드*라고 하지 않았잖아. 검사들이 다 저렇게 생각하고 있을까. 저 사람은 멍청이인가. 왜 기자 앞에서 저런 말을 하지. 보통 조심하잖아. 없던 능력도 뽐내잖아. 아, 뽐낸 건가. 저게 지금 멋있다고 생각한 걸까. 그런 건가. 미치겠네. 구리다. 괜찮은 검사들도 있던데. 저런 사람이 어떻게 여태 검사를 하고 있지.

괜한 고민이었어. 국정원 간첩 조작 사건은 빠르게 휩쓸려갔어. 탑승 인원 476명 중 304명이 사망한 초유의 참사에. 모두의 삶이 그날을 기점으로 영원히 달라졌지.

바빠졌어. 대한민국의 모든 기자들이 그랬어. 많은 기자들이 팽목항으로 달려갔고 몇 달을 살았지. 그때 처음 '기레기'라는 말을 들었어. 친구들의 죽음, 자식의 죽음을 아무렇지 않게 묻고 추궁하고 카메라와 녹음기를 들이대는 기

* 외부에 보도하거나 알리지 않는 조건을 걸고 이야기하는 것.

자들. 가짜 뉴스로 유인해 멘트를 따내려는 기자들. 시신 앞에서 울부짖는 사람들의 얼굴을 동의 없이 찍은 기자들. 나라면 어떻게 했을까. 모든 것이 다 엉망진창이었던 그 시절에… 비겁한 나는 그저 내가 저 현장에 없어서 다행이라고 생각했던 것 같아.

감당할 수 없는 비극으로부터 최대한 멀리 도망치고 싶었지만 그럴 수 없었어. 세월호 참사 수사본부가 대검찰청에 꾸려졌거든. 사고 당일 몇 시간 동안이나 사라졌던 대통령은 갑자기 국무회의에서 선장 등을 살인죄로 다스려야 한다고 말했고, 수사는 빠르게 빠르게 진행됐지. 개별 재판엔 관여하지 않는 것이 원칙인 대법원도 이례적으로 (누가 봐도) 형량 통일을 주문하는 공지를 발표했어.

내가 있는 현장을 차마 믿을 수 없었어. 이게 다 현실일까. 정말일까. 수사본부는 거의 매일 수사 브리핑을 했는데 그때마다 고성이 오갔어. 이게 말이 됩니까. 말이 된다고 생각하세요. 그 문장을 몇 번이나 말했는지 몰라. 더 정교하게 물었어야 했는데. 한번은 지하철 환승 통로에서 어떤 검사의 전화를 받았어. '세월호 수사를 잘했다는 정보를 아는데, 기사를 쓸 수 있게 너한테만 알려주겠다'는 내용이었어. 나는 사람들이 다 쳐다보도록 버럭버럭 소리를 질렀어. 나는 목소리도 작고, 가식적이라도 친절한 척을 하거나 조곤조곤 따지는 편인데 그때의 나는 낮이나 밤이나 화를 냈어. 그 시절을 그렇게 견디고 있었다는 것을 아주 나중에야 알았지.

맡았던 취재가 끝나고 본격적으로 도망 다녔어. 내가 더 할 수 있는 일은 없을 거라고. 해야 되는 일을 하는 것만으로도 벅차다고. 눈물도 나지 않았어. 코미디 프로그램을 보다가도 우는 내가. 그랬어. 착각이었지. 그날 이후 많은 사람들이 그랬던 것처럼, 나도 세월호에서 벗어나지 못했어. '골든 타임'이라는 말을 아무렇지 않게 쓰는 사람들을 미워하기 시작했어. '세월'이라는 단어도 되도록 쓰지 않았어. '좌초됐다', '가만히 있어라', '구조'라는 말까지도. 세월호 참사를 연상케 하는 말들을 피해 돌고 도망쳤지만 그럴수록 그 일은 더 단단히 마음속에 뿌리를 내렸어. 말할 수 없는 자책감과 허무함, 분노와 함께.

2019년 4월, 유민 아빠* 김영오 씨를 만났어. 김영오 씨는 작은 나무 목걸이를 만들고 있었어. 나무는 죽어서도 숨

* 세월호 참사 피해자 가족. 세월호 참사 이후 진상 규명을 위한 특별법 제정을 촉구하며 46일 동안 단식 투쟁을 했다.

을 쉰다는 말을 들었다고. 어떤 사람들은 노란색만 봐도 싫어하는데 나무로 만들면 좀 다르지 않을까 싶다고. 사람들을 피해 귀농했던 김영오 씨는 이제 에어컨 수리 기사로 일해. 얼마 전에 처음으로 유민이가 나오는 행복한 꿈을 꿨다고 했어. 늘 울기만 하던 유민이가 웃었다고 했어. 꿈에서 유민이를 만나면 베개가 흠뻑 젖도록 울다 깨기만 했는데, 이렇게 행복하게 웃기는 처음이라고 했어.

그해 7월엔 세월호가 정박해 있던 목포신항에 가봤어. 녹슨 배가 너무 크고 단단해 보여서 이상했어. 저렇게 튼튼해 보이는 배가 뒤집혔다는 사실이, 저 안에 있던 사람들이 지금 없다는 사실이. 2020년 4월엔 세월호로 아들을 떠나보낸 김성실 씨 가족을 만났어. 이사한 집 한 칸에 아들 동혁 군의 사진들이 빼곡했어. 재혼해 얻은 아들을 갑자기 떠나보낸 성실 씨는 "울면 가식적이라고 하는" 사람들의 시선 속에서 꿋꿋이 울고 웃었다고 했어.

언젠가 지인들과 가진 작은 공부 모임에서 세월호를 이야기했어. 발표 자료를 만들고 세월호 사건의 시작과 전개를 건조하게 전달했어. 그때도 나는 울지 않았고, 그때도 나는 도망치는 중이었던 것 같아. 발표가 끝나고 노래를 하나 틀었어. 브로콜리 너마저의 〈졸업〉이라는 노래였어. 이

미친 세상에 어디에 있더라도 행복하라고, 행복하라고. 이 미친 세상에 어디에 있더라도 널 잊지 않겠다고. 잊지 않겠다고. 이 미친 세상을 믿지 않겠다고. 우리는 선율을 따라 함께 읊조렸어.

지금의 나는 조금 울 수 있게 되었고 이런 글을 쓰고 있어. 그리고 계속 쓸 것 같아. 잊지 않으려고. 여전히 비겁하지만 잊지는 않으려고. 그날의 비극이 아니라, 그날의 비극으로부터 우리가 건져낸 것들. 이 미친 세상에 미치지 않고 살아남은 어떤 사람들. 나, 어쩌면 당신, 우리, 우리들.

그때의 나는 낮이나 밤이나 화를 냈어.
그 시절을 그렇게 견디고 있었다는 것을
아주 나중에야 알았지.

지금의 나는 조금 울 수 있게 되었고
이런 글을 쓰고 있어. 그리고 계속 쓸 것 같아.
잊지 않으려고.

Chapter. 2

문을 두드리다

당신이라는 세계

우리에겐 모두

사연이 있다

세상에 흔하고 뻔한 이야기는 없으니까

뉴스가 안 되는

이야기 같은 건 없다고

슈퍼히어로들은 명함이 없었다

이것은 완벽한

프로페셔널의 세계다

개가 사람을 물었고
나는 기자가 되었다

바라고 바라던 순간은 느닷없이 찾아온다. 그리고 (나의 경우에는) 조금 멋없게 들이닥치곤 했다. 경기 내내 참고 참다 잠시 화장실을 간 사이 우리 팀 선수가 만루 홈런을 친 상황을 경험한 사람들은 알 것이다. 좋긴 한데… 아, 왜 하필!

2006년 1월 첫 기사를 쓰던 내가 그랬다. 2005년 11월에 입사한 뒤 12월부터 사건기자*로 수습 생활을 시작했다. 담당 경찰서 몇 곳을 돌면서 경찰에 접수된 사건들을 취재했다. 그때나 지금이나 경찰과 기자의 관계는 결코 좋다고는

* 경찰과 검찰 등을 출입하며 사건 · 사고를 취재하는 기자.

할 수 없지만 또 나쁘다고만도 할 수 없는 복잡한 관계다. 숨기려는 자와 밝히려는 자가 되기도 하고, 알리려는 자와 무시하는 자가 되기도 한다. 함께 손잡고 거대한 사건의 퍼즐을 하나하나 맞춰가는 파트너가 되기도 하지…만 수습기자와 경찰의 관계는 전혀 복잡하지 않았다. 경찰 '갑'. 수습기자 '정(갑-을-병-정 의 그 정이 맞다)'.

혹시 처음부터 유능했던 다른 기자들이 보면 반발할지 모르므로 여기서 글을 살짝 수정해보겠다. 유능함은 없지만 눈치는 있으니까. 경찰 '갑'. 수습기자였던 그때의 나 '정'.

당시 내 상태를 조금 더 설명해보자면 이랬다. 경찰서에 투입되기 전 사건 접수(지구대 신고)부터 입건, 검찰 송치까지 처리 과정을 배우긴 배웠지만, 배운 기억은 흐릿했다. 그보다는 출정식이라는 이름과 함께 들이부은 폭탄주의 존재감이 더 강하게 남아 있었다. 잘 이해하고 있다고 해도 글로 배운 경찰서와 실전으로 보는 경찰서는 다를 수밖에 없었다.

특히 수습기자들이 경찰서를 도는 시간은 새벽이나 밤늦은 시간이었기 때문에 어딘지 스산하고 쓸쓸하며 불안한 분위기를 풍겼다. (경찰서에 들어가기 무서웠다는 말을 돌려서 하고 있다.) 철창처럼 생긴 무거운 형사계 문을 끼익 열고 들어가는 것부터가 물리적으로나 정신적으로나 힘이 들었다. 그 문을 다 열기도 전에 "(사건) 없어요, 없어. 가요"라는 형사의 말을 들으면, 사건의 유무보다는 '이 문을 마저 다 열어야 할까 말까' 같은 본질적인 고민에 사로잡히곤 했다. 아직 "뭐 있어요?"라고 묻지도 못했는데…. 먼저 날아든 대답을 받고 고민하는 나날들 속에 뻔뻔함만 무럭무럭 자랐다. 나중에는 "안 궁금해요. 다리 아파서 좀 앉아 있다가 가려고요. 저 피곤하니까 중요한 거 있어도 절대 얘기하지 마세요"라고 말하는 경지까지 갔지만, 그건 몇 달이 훨씬 지난 뒤의 일이다.

언론이 보도해야 할 만큼 중요한 사건을 경찰이 냅다 알려준다는 건 오히려 이상한 일이고, 경찰들도 매해 쏟아져 들어오는 수습기자들이 진짜 취재보다는 선배들로부터 혹독한 '수습 교육'을 받고 있다는 것을 누구보다 잘 알고 있다는 것을 이해한 것도 나중의 일이다. 처음에는 낯선 냄새와 용어, 뭔가 잘못했거나 억울한 사람들로 가득한 그 공간에서 나는 늘 쭈뼛거리며 대체로 서러웠다. 나는 왜 여기서 이러고 있을까. 나는 또 오늘 얼마나 못할까. 이 두 문장이 대체로 그때의 나와 가장 잘 어울리는 말이었다.

물론 입사 시험을 준비할 때 그린 미래는 그렇지 않았다. 삼수 끝에 합격했기 때문에 신문은 정말 열심히 읽었고, 기사 연습도 많이 했다. 단지 출발선을 내가 긋지 못해 기다리고 또 기다릴 뿐 시작만 할 수 있다면, 그러니까 일을 할 수만 있게 되면 정말 잘할 거라고 생각했다. 그러나 나는 새벽 경찰서에 들어가는 모습조차 조금도 멋지지 못했다. 노트북 가방을 메고 뛰어들어가다 미끄러져서, 야간 경비를 서느라 지치고 힘들었을 전경이 풉 소리를 내며 웃을 수 있게 한다는 미담을 뿌리고 다니는 사람이 나였다.

그렇다고 해서 생각과는 다른 내 모습에 실망하거나 자책을 했냐면 그렇지 않았다. 그럴 만한 여유도 없었다. 아, 보고할 게 없는데 어쩌지? 그 고민만으로도 벅찼다.

그렇게 한 달여가 지나면서 '입봉*' 시기가 다가왔다. 그토록 바라고 바랐던, 바이라인이 들어간 나의 첫 기사. 과연 어떤 사건을 취재해 첫 기사를 쓰게 될 것인가 궁금했다. 기대도 됐다. 겨울이라 화재 사건이 될 수도 있고, 그당시 많았던 다단계 사기 사건일지도 모르겠다고 생각했다. 살인 사건이면 어쩌나 싶기도 했다.

* 기자가 자기 이름(바이라인)으로 첫 기사를 보도하는 것을 뜻한다.

그토록 기다렸던 나의 첫 기사는 무려,
'개가 사람을 물었다'는 내용이었다.

대학 언론학 수업이나 기자 교육을 받을 때 가장 많이 들은 말은 '개가 사람을 물면 뉴스가 안 되지만, 사람이 개를 물면 뉴스가 된다'는 것이었다. 그만큼 희소성이 중요하다는 뜻이다. 세상에 기사 가치가 안 되는 일이 많고도 많지만, 개가 사람을 물었다는 것은 그중에서 가장 대표적인 예였다.

나의 첫 기사가 개가 사람을 문 사건이 된 것은 그해가 '개의 해(병술년 · 丙戌年)'였기 때문이다. 보고를 하면서도, 깨지겠구나 하는 마음으로 서울 ○○동에서 개가 이웃집 사람을 무는 사건이 발생했다고 더듬더듬 말했는데 예상 밖의 반응이 돌아왔다. "개의 해니까, 개 사건 한번 써볼까?" 물린 사람이 크게 다친 것도 아니었고 그 개가 특별한 사연을 가졌거나 관리 대상도 아니었지만, 마침 개의 해가 시작된 1월에 사람을 물어 경찰에 신고됐다는 이유로, 그 개는 내 첫 기사의 주어가 되었다. 그렇게 나는 입봉이라는 것을 했고, 내 이름 세 글자가 쓰인 기사가 세상에 나갔다.

"기사 나왔어?(첫 기사 썼어?)"

응… 응.

"와, 무슨 기사야?"

어어. 개가 사람을 물었어.

"응? 사람이 개를 물었어? 왜?"

아니. 저기, 개가… 사람을 물었다고.

딸의 이름을 신문에서 열심히 찾아본 부모님도 오랜 백수 생활 끝에 기자가 된 친구를 응원하던 지인들도 아마 조금은 당황했겠지만, 그래도 축하를 해줬다. 내 기사 때문에 그해가 개의 해라는 것을 확실히 알게 됐다는(그럴 리가, 연초엔 사방이 개였는데!) 이도 있었다.

바라던 일들은 늘 생각지 못하던 순간에 찾아왔다. 간절할수록 더 그랬다. 신문사 최종 합격 발표가 나던 날은 잠결에 전화를 받았다. 기다리고 기다리던 순간이었지만, 합격 소식을 들었을 때 어떤 느낌이 들었는지, 그때 회사 인사 담당자와 어떤 대화를 나눴는지 잘 생각이 안 난다. 최고의 순간이 뿌옇고 졸립고 흐릿하게 남아 있다. 첫 기사가 나가던 순간은… 명확하게 민망했다.

10년이 훨씬 지난 지금의 세상은 개가 사람을 물었다는 사실이 중요한 뉴스로 보도된다. 반려동물로부터의 안전거리, 반려동물의 권리도 중요한 의제다. 더이상은 수습 기자들에게 사람이 개를 물어야 기사가 되는 것이라고 가르치지 않는다. 익숙한 것, 흔해 보이는 것, 아니 우리가 흔하다고 착각했던 것들을 다시 보고 의미를 찾아내기 위해 애쓴다.

동네 개가 이웃집 사람을 물었다는, 내가 그저 십이간지의 덕을 보고 기사가 된 것뿐이라고 생각했던 2006년의 그 사건 뒤에는 어떤 이야기가 숨어 있었을까. 크게 다치지 않았는데 그 사건은 왜 경찰서에까지 접수됐던 것일까. 그 사건 이후 개를 키우던 이와 이웃은 화해했을까. 기사화된 이후 한 번 더 찾아갔다면 어떤 얘기를 들을 수 있었을까. 나의 미숙함으로 어떤 이야기가 세상 밖으로 나오지 못했을까. 그때 하지 못한 질문을 종종 해본다.

개가 사람을 물었고 나는 기자가 되었다. 아이템이 없어 답답할 때 종종 첫 기사를 생각해본다. 가끔은 게으른 나에 대한 메시지 같다. 세상에 흔하고 뻔한 이야기는 없다고, 뉴스가 안 되는 이야기 같은 건 없다고.

나의 미숙함으로 어떤 이야기가
세상 밖으로 나오지 못했을까.
그때 하지 못한 질문을 종종 해본다.

흔하고 흔한 이야기를 찾아서

아이를 낳고 처음 소아과에 갔을 때였다. 의사가 "혹시 산후조리원에 다녀왔느냐"고 물었다. 그렇다고 했더니 의사가 말했다. "그 여자들 말 듣지 마요. 거기 그 여자들 그냥 동네 아줌마야."

대답 대신 가만히 눈을 껌뻑였다. 항상 적절한 대응을 하기까지 세 박자쯤 늦긴 하지만(집에 와서 이불을 차며 '그때 이렇게 말했어야 했는데!' 외치는 편), 그때 그 의사의 말이 재밌다고 나는 생각했다. 물론 좋아하는 책이나 영화를 볼 때와 같은 재미는 아니다. 전문가의 옷을 입고 전문가의 명패가 놓인 책상 앞에 있는 사람의 말이 조금 이상하게 들렸기 때문이다. '그냥 동네 아줌마'. 진짜 육아 전문가는 그들이 아닌가.

딴생각을 하는 내가 본인의 말을 경청하는 것처럼 보였는지, 그 의사는 앞으로 어떻게 아이를 키우면 좋을지에 대해서도 (물은 적 없지만) 열정적으로 얘기했다. "먼저 엄마가 모범이 되어야 해요. 엄마가 집에서 항상 책을 보고 있으면, 애들이 공부를 안 할 수가 없거든. 요즘 애들 자꾸 영상 보는데 그게 다 엄마가 많이 보니까 그런 거예요."

그러니까 유튜브를 멀리하고 책을 가까이하는 동네 아줌마, 아니 엄마가 되어라. "아… 네에." 꽤 공손하게 들린 목소리에 의사는 흡족한 미소를 보였다. "보니까, 잘하실 것 같네." 내 눈앞에 있는 저 할아버지, 아니 의사는 자녀가 있을까. 그 자녀는 누가 키웠을까. 그날, 좁은 진료실 안에서 많은 생각을 했다.

그때 집으로 돌아와 이불을 발로 차는 대신, 6년 뒤에 동료들과 함께 『우리가 명함이 없지 일을 안 했냐』라는 이름의 기획 기사를 쓰고 같은 이름의 책을 만들었다. 그 의사가 보진 않았을 것 같지만 나로서는 아주 오래 걸린, 긴 분량의 대답이었다.

『우리가 명함이 없지 일을 안 했냐』는 우리 사회에서 '할머니'라 부르는 노인 세대 여성들의 삶을 일의 관점에서 기록한 콘텐츠다. 2022년에 5회 시리즈로 경향신문에 연재됐고, 같은 해 12월 휴머니스트 출판사에서 책으로 만들어졌다. 이 책의 씨앗은 그날 그 의사와의 대화였다.

아이를 키우며, 나는 많은 이들의 도움을 받았다. '도움'이라고 표현하기에는 부족하다. 거의 절대적으로 타인에 의지해 살았다. 그 타인들은 주로 여성들이었다.

내가 산후조리원에서 몸을 회복하는 동안 신생아를 돌봐준 것은 그곳에서 일한 '신생아 육아 최고수' 선생님들이었다. 그들은 아직 목을 가누지 못하는 아이를 어떻게 안고, 어떻게 트림을 시키고, 울 때 어떻게 달래주고 안아주어야 하는지 알려주었다. 내 몸에서 나왔으나 대체 알 수 없는 내 아이의 마음 상태를 그들은 울음소리만 듣고도 알았다. 이건 배고파서 우는 거예요. 이건 쉬를 했다는 거예요. 이건 안아달라는 거예요. 놀랍게도 그들의 처방에 따르면 아이는 금세 울음을 그쳤다.

조리원을 나온 뒤에는 '산후 도우미'라는 직업을 지닌 여성이 2주 동안 나와 아이를 모두 돌봐주었다. 집이라는 공간을 어떻게 아이에게 맞게 바꿀 것인지, 어떻게 하면 아이와 엄마가 모두 안전하게 머물 수 있는지 나는 그분께 배웠다. 그분은 잠든 아이를 깨우지 않으면서도 청소를 하고, 설거지를 하고, 아이와 실컷 놀아주면서도 반찬을 만들어 산모에게 좋은 밥상을 차려주었다. 나는 동시에 몇 가지의 일을 완벽하게 해내는 그분을 보며 연일 감탄했다.

육아 휴직이 끝난 뒤엔 두 엄마의 도움을 받았다. 친정 엄마는 내가 출근한 뒤 아이를 맡아 돌봐주었다. 어린이집과 놀이터를 오가며 이제 막 걷기 시작해 어디로 튈지 모르는 아이를 온몸으로 보호했다. 먼 곳에 사는 시엄마는 반찬과 살림에 필요한 것들을 수시로 챙겨 보내주었다. 아이가 아픈데 나도 남편도 친정 엄마도 아이를 돌볼 수 없던 때엔 기꺼이 와서 아이를 맡아주었다. 나는 두 할머니가 책이나 유튜브에서 찾아볼 수 없는 갖가지 방법으로 아이와 놀아주고 달래는 것을 보았다.

내가 그들을 보며 느낀 점은 이것이다.
이것은 완벽한 프로페셔널의 세계다.
슈퍼히어로. 그들 없이 세상은 돌아가지 않는다.

나는 슈퍼히어로를 찾아다녔다. 그리고 물었다.

"당신은 어쩌다 이런 당신이 되었죠?"

슈퍼히어로들은 명함이 없었다. 일을 쉰 적은 없다. 그들이 해온 그 모든 일을 담을 수 있는 명함은 없어 보였다. 엄마, 아내, 딸, 누이 등등. 누군가에 종속된 관계로만 불리던 이름을 벗겨내자, 그들의 진짜 삶이 보였다. 진짜 일이 보였다. "어떻게 그 많은 일을 다 해내신 거예요?" 진심으로 궁금해서 물었다. 그들은 쿨하게 답했다. 훗, 나 아니면 우리집 안 돌아가지.

기자들은 '받아쓰기 한다'는 말을 싫어하는데, 『우리가 명함이 없지 일을 안 했냐』 주인공들의 말은 하나라도 더 받아쓰려고 애썼다.

"나쁜 일이 파도처럼 밀려왔지만 도망가지 않았다."
"'집사람' 친구들, 우리 멋있어요. 우리 모두 수고했어요."
"60대. 나는 지금이 좋아요. 뭔가 새롭게 시작할 수 있을 것처럼 꿈틀거리는 마음이 좋아요."
"재밌게 살고, 힘들게 살지 마. 살아보니까 인생이… 그렇게 길지가 않아."
"'하겠다'는 생각에 빠져서 자꾸자꾸 키워가면 돼요. 지금은 부러운 것도 없고 시골에 살아도 멋있어."

"내가 여태 이렇게 살아와서 이런 이야기도 할 수 있는

뭣이 돌아왔구나 그런 생각을 했지."

"모든 걸 훌훌 벗어버리고 속 시원하게 크게 크게

휘젓고 다니고 싶어 아주."

"내가 즐거워서 하는데 저분들은 고맙다고 하시네."

"생각해보면 가만히 놀기만 한 때는 한 번도

없었던 것 같다."

"나는 내가 명함이에요. 내 자신이."

"늦게라도 꿈을 찾았으니 너의 꿈을 향해 쭉쭉

뻗어나가려무나. 아주 멋지게 펼쳐라.

다만 자만하지 말고 조심조심 또 조심하거라."

이 보석 같은 이야기들을 받아쓰기에 신문지는 좁았다. 제한 없는 디지털에 더 많은 이야기를 받아쓰고, 책도 만들었다. 글만으로는 그들의 멋짐을 다 표현할 수 없어서 사진도 찍고 영상으로도 담았다. 그들의 얼굴, 그들의 목소리, 그들의 모습, 대단한 일을 해놓고도 대단하지 않은 척하는 그 깊고 단단한 표정을 다 저장하고 기록하고 싶었다.

미디어는 늘 새로운 이야기를 찾는다. 어쩌면 새롭지 않은 이야기란 세상에 없다. 우리가 어떻게 보느냐에 따라, 우리가 어떻게 듣느냐에 따라.

여성들이 고생해 삶을 일궈온 이야기는 너무 흔해서 중요하지 않은 이야기로 치부되곤 했다. 왜 흔할까. 엄마들, 할머니들이 고생한 이야기는 왜 그렇게 흔할 만큼 많을까. 흔한 이야기는 없다. 흔하게 보는 게으른 시선이 있을 뿐. 우리는 각각의 얼굴로 각각의 이야기를 품고 산다.

"그 여자들 그냥 동네 아줌마야."

나는 더 많은 그냥 동네 아줌마들의 이야기를 듣고 싶다. 흔하디흔한, 바로 내 옆에 있는 그 흔한 이야기들이 더 많이 흘러넘치도록.

내가 그들을 보며 느낀 점은 이것이다.
이것은 완벽한 프로페셔널의 세계다.
슈퍼히어로. 그들 없이 세상은 돌아가지 않는다.

나는 슈퍼히어로를 찾아다녔다.
그리고 물었다.
"당신은 어쩌다 이런 당신이 되었죠?"

마트에 의자가 놓였을 때

대형 마트에 가는 것을 좋아했다. 층별로 구분된 많은 물건을 보다 보면 인생에 필요한 모든 것은 여기 다 있는 게 아닐까 싶어졌다. 시간이나 때우자는 마음으로 들어갔다가 이 많은 것 중 나에게 필요한 물건이 하나쯤은 있을 거라는 생각이, 하나도 없는 것이 오히려 이상하지 않을까 하는 생각이 들곤 했다. 생각해봐, 생각해내라고. 필요해, 필요해질 거야. 알지도 못했던 삶의 필요가 물건의 형태로 깨우쳐지는 신비한 경험. 견물생심이 아니라 견물지심(물건을 보고서야 내가 내 마음을 알게 되었어요)이랄까. 마트는 언제나 세일 중이어서 무엇이라도 사면 이득을 보는 느낌을 줬다. 알뜰한 사람, 좋은 기회를 놓치지 않는 사람. 내 돈 주고 필요한 줄도 몰랐던 물건들을 사면서 그런 생각을 했다. 꼭 뭘 사지 않더라도 춥거나 덥거나 시간은 남는데 갈 곳이 없을 때, 대형 마트는 혼자 놀기에 만만한 곳이었다.

그렇게 어슬렁거리던 어느 날,
시작은 만두였다.

마트 생활자의 풀리지 않는 미스터리. 시식 코너에서 노릇노릇 구워주는 만두는 왜 그렇게 맛있을까. "그냥 이렇게 몇 번 뒤집어주시기만 하면 돼요. 쉽죠." 아뇨… 집에 가져가서 하면 왜 그 맛이 안 나는 걸까요. 혹시 다른 기름을 쓰시는 걸까요. 팬 옆에는 보란 듯이 우리집에도 있는 식용유가 놓여 있다. 가위로 절반을 잘라 뜨거운 김을 뺀 뒤 초록색 이쑤시개를 꽂은 만두를 받아먹으며 역시나 손맛의 차이를 절감했다. 그 맛을 느끼고 싶어하는 이들은 많았다.

오물거리며 잠시 사람들 옆에 비켜섰을 때… 그분의 발이 보였다. 만두 장인의 한쪽 발이 다른 쪽 다리에 살짝 걸쳐져 있다가 내려오기를 반복하고 있었다. 발이 저리신 모양이었다. 무릎이 아프신 것 같기도 했다. 그러고 보니, 시식대 옆에는 아무것도 없었다. 그러니까, 의자가 아무리 봐도 없었다.

의자가 없네.

한 번도 생각해보지 못한 깨달음이, 한 번도 보지 못했던 어떤 부재가 선명하게 다가왔다. 계속 서서 일하시는 건가. 설마. 잠깐씩 일하고 교대하시나 보다. 바쁜 시간대라 잠시 치웠나. 시식 코너는 언제나 사람들로 북적이니까.

한 번도 보이지 않던 것이, 눈을 뜨자 갑자기 보이기 시작했다. 카트를 밀고 간 계산대 앞에서 다시 의자의 부재를 확인했다. 디귿 자 형태의 긴 계산대 안에 있는 직원은 의자 없이 서서 일하고 있었다. 괜찮은 걸까. 역시나 섣부르게 추측하고 넘어갔다. 뭔가 어떻게 잘 꾸려져 있겠지. 마트도 대기업에서 하는 거잖아. 최소한의 것들은 잘 갖춰져 있겠지.

알 수 없이 찜찜한 마음을 다시 그러려니…의 세계로 넘겼다. 기자가 된 지 만 3년 차가 되던 때였다. 사회부였고 '사건'과 '사고'가 담당이었다. 마트에 의자가 없는 것은 사건으로 보거나 사고가 되기는 어려울 것 같다고 생각했지만 조여오는 기사 아이템 발제의 압박 속에서 그런 기준 따위는 잠시 눈감고, 에라 모르겠다는 심정으로 취재를 시작했다. 마침, 내가 담당하고 있던 지역에서* 서비스 업종 노동자들의 건강권에 대한 작은 기자 회견 겸 토론회가 열리는 것을 알게 됐다. 담당자에게 궁금했던 것을 쭈뼛쭈뼛 물었다.

"저… 마트에 의자가 없던데, 혹시 괜찮은 건가요?"

"아휴. 어디 기자라고요? 어디 있다가 이제 왔어. 지금 우리가 말하려는 게 그거예요."

운이 좋았다. 내가 취재를 시작한 것은 2007년 12월. 알고 보니 노동계에서는 2006년부터 노동환경건강연구소의 제안으로 일터에 의자를 놓자는 운동을 준비하고 있었다. 후배와 함께 사례를 모으고 관련법을 조사했다.

저녁에서 밤이 되어가던 시간. 대형 마트와 백화점에서 일하는 여성 노동자 10여 명이 어렵게 한자리에 모였다. 지금도 그때 그 분위기가 기억난다. 익명이 보장되어야 하는 보통의 취재는 개별적으로 만나 이야기를 듣게 되는 경우가 많았지만 그날은 달랐다. 비슷한 고통을 겪는 사람들이 한곳에서 서로의 존재를 확인하더니 반가워하며 위로하면서 그간 겪은 일들을 말하기 시작했다. 돌림 노래처럼 눈

* 사회부 사건 팀 기자들은 서울을 지역별로 나눠 담당한다. 그때 나는 영등포 지역 담당이었다.

물이 이어졌다.

하루 여덟 시간에서 열한 시간까지, 의자 없이 서서 일하며 많은 이들이 다양한 통증을 겪고 있었다. 허리와 발, 무릎, 다리 등 근골격계 질환은 기본이었고 발가락 모양이 변형되거나 혈관이 꼬이는 질병까지 얻은 이들도 많았다. 방광염이나 생리 불순으로 이어진 경우도 많았는데, 제때 화장실을 가지 못했기 때문이었다. 의자에 앉지만 못하는 것이 아니라, 많은 기본권이 박탈당한 상황이었다. 일하다 얻은 이 많은 병들이 산업재해로 인정받지 못하고 있었다.

'산업안전보건기준에 관한 규칙' 제80조에는 '사업주는 지속적으로 서서 일하는 근로자가 작업 중 때때로 앉을 수 있는 기회가 있으면 해당 근로자가 이용할 수 있도록 의자를 갖춰두어야 한다'는 내용이 기재돼 있다. 나는 이런 조항을 굳이 만들어야만 하는 현실과, 만들었는데도 전혀 지켜지지 않는 현실 사이에서 혼란스러웠다. 어디 있다가 이제 왔어. 그 말이 쓰라렸다.

"모멸감… 모멸감을 느껴요. 매일. 손님 앞에서 어떻게 앉아 있냐는 거예요. 손님을 어떻게 기다리시게 하냐고요. 우리가 돈을 더 달라는 게 아니잖아요. 화장실이라도 갈 수 있게, 손님 없을 때 잠깐씩 앉을 수라도 있게 해달라고요. 그게 그렇게 잘못된 생각은 아니잖아요."

모멸감이라는 단어가 깊이 박혔다. '손님은 왕'이라는 말은 얼마나 폭력적인가. '서비스직'이라는 단어 속에 우리는 얼마나 많은 사람들의 인권을 쑤셔넣어 왔던 것일까. 마트를 좋아했던, 마트 생활자였던 나는 어떤 서비스를 감히 누려왔던 것일까.

기사는 2008년 1월 9일 보도됐다. 의자 없이 일하는 노동자들의 이야기를 담은 한 면 분량의 기획 기사였다. 이제라도 썼으니 조금 달라질까. 기사로 쓸 수 있어 다행이라는 마음과 기사를 썼는데도 전혀 달라지지 않으면 어쩌지 하는 마음이 교차했다.

6개월 뒤인 2008년 7월 '서서 일하는 서비스여성노동자에게 의자를'이라는 이름의 국민 캠페인단이 출범했다. 그리고 한 달 뒤, 노동부에서 현장 실태를 조사하고 의자가 제대로 비치돼 있는지를 점검하는 행정 지도를 실시하겠다고 발표했다. 백화점과 마트에 의자가 비치되기 시작했다. 노동부 입장이 발표됐을 때 나는 법원 담당으로 자리를 옮긴 상황이었다. 내 기사 때문은 아니지만, 주먹만 한 힘이라도 보탠 것 같아 기뻤다. 회사도 담당자가 아닌 나에게 관련 기사를 쓰라고 기회를 줬다. 취재하면서 만났던 이들이 생각났다. 이제 그분들이 앉을 수 있겠다고 생각하니 더없이 좋았다. 그때는 그랬다. 그리고 또 잊어버렸다.

몇 달 뒤, 오랜만에 마트를 찾았다. 작은 마트였다. 계산대 옆에 검은색 작은 의자가 놓여 있었다. 아, 맞다. 의자. 그래. 의자가 정말로 생겼구나. 계산하면서 괜히 알은체를 했다. "의자 생기니까 편하시죠!" 직원이 못 알아듣겠다는 표정으로 봤다. "아, 의자요? 있으면 뭐해요. 그림의 떡인데. 위에서 놓으라고 해서 놓은 모양인데 앉으면 큰일나요."

의자가 있다.
의자가…
있는데 없다.

아, 의자를 놓으라는 조항만으로는 안되는 거였나. 의자에 반드시 앉으라고 만들었어야 했나. 이놈의 법은, 이놈의 현실은 어디까지 다 짚어줘야 하는 거지. 허탈했다. 이게 뭐야.

그리고 15년이 지났다.

15년 동안 비슷한 문제를 담은 보도들이 여러 번 나오는 것을 봤다. 달라진 것이 있다면 '서서 일하는 노동자에게 의자를!'이라는 목소리에서 '앉게 해달라!'로 바뀌었다는 정도랄까. 여전히 그들은 서 있고, 주기적으로 노동부에서 현장 감독을 하겠다는 발표가 나고, 다시 시간이 흐르고, 그들은 여전히 서 있다.

그사이 나는 마트에 잘 가지 않는 사람이 됐다. 새벽배송과 로켓배송이 활성화되기 훨씬 전부터 그렇게 됐다. 내가 소풍 가듯 놀며 거닐던 공간이 거대한 착취와 고통의 공간이라는 사실을 알게 된 후부터. 나아졌겠지, 달라졌겠지. 수많은 사람들의 소중한 삶이 그곳에서 이어지고 있다고 생각하면서도 어쩔 수 없이 발걸음이 뜸해졌다.

며칠 전 아주 오랜만에 마트에 갔다. 몇 가지 식재료를 사고 계산을 하다 옆에 놓인 의자를 보았다. 갑자기 용기를 내봤다. "저 의자… 편하세요?" 영수증에 적힌 다음 달의 세일 이벤트를 알려주시던 직원이 예상외의 질문에도 친절하게 답해주셨다. "이거요? 아… 괜찮아요." 괜찮다는 말은 어떤 뜻이냐고, 괜찮은데 왜 아무도 앉아 계시지 않는 거냐고 더 물어볼 용기는 내지 못했다. "어디 있다가 이제 왔어." 여전히 이 말이 쓰라리게 맴돈다. 나는 세일 정보가 담긴 영수

증을 구겨 버리고 서둘러 마트를 나왔다.

"어디 있다가 이제 왔어.
지금 우리가 말하려는 게 그거예요."

우리의 자리

원래 이 자리에는 다른 글이 놓여 있었다. 그 글의 제목은 '나의 장애는 당신의 기도를 바라지 않는다'였다. 장애를 극복해야 할 것, 열등한 것으로 보지 말고 공존을 위해 노력하자는 내용이었다. 그 글의 끝은 이렇다. "장애인들에겐 기도보다 자리가 필요하다. 한 사회 구성원으로서 우리의 옆에 앉을 자리. 그것은 선의의 문제가 아니라, 상식의 영역이다."

글이 썩 마음에 들지 않았다. 어딘가 화가 나 있는 것 같기도 하고, 훈계하는 것 같기도 하고. 그래도 틀린 말은 아니야. 두었다가 다듬지 뭐. 일단 넣어두었다. 그러다 결국 글을 완전히 휴지통에 넣어버렸다. 그날, 그날 이후로.

그날 나는 아이와 함께 키즈 카페에 갔다. 아이는 제일 좋아하는 놀이 기구인 트램펄린 위를 신나게 뛰어다녔다. 두세 명의 아이가 더 있었다. 그중 한 아이가 눈에 띄었다. 내 아이와 또래로 보였다. 아이가 눈에 띈 이유는 외모 때문이었다. 아이의 얼굴은 유난히 길고 뾰족한 역삼각형의 큰 얼굴이었다. 아이들의 모습은 성인의 비율과는 다르고, 매일 조금씩 달라진다. 그걸 알지만 그 아이의 긴 얼굴은 유독 눈에 띄었다. 순간적으로 그 아이가 어쩌면 장애를 가진 아이일지도 모른다는 생각이 들었다. 거기까지는 별 문제가 없었다. (여기서 문제라는 것은 나, 나의 문제를 말한다.)

그 아이는 뛰면서 계속 나를 보았다. 트램펄린장 구석엔 어른이 여러 명 있었는데, 나의 어떤 점이 그 아이의 눈길을 끌었는지는 모르겠다. 아이는 높이높이 뛰다가 겅중겅중 달려 내 얼굴 가까이 다가왔다. 그리고 금세 다시 있던 곳으로 돌아갔다. 아이가 돌아간 곳에는 아이의 보호자(엄마로 보였지만 확실하지 않다)가 있었다.

내게 가까이 다가왔을 때, 아이가 조금 다르다는 것은 알 수 있었다. 나는 놀라지 않은 척, 살며시 미소를 띠고 앉아 있었다. 그렇게 살며시 미소를 띠고 앉아 있는 척하면서 내 아이를 주시했다. 혹시나 그 아이와 내 아이가 서로 뛰다가 부딪히면 어쩌나 싶었다. (트램펄린장에서는 그런 일이 자주 있다.) 다행히 두 아이는 서로 다른 경로로 움직였다.

잠깐 안도한 사이, 그 아이가 다시 내 쪽으로 다가왔다. 이번에는 내 얼굴에 거의 닿을 듯이 가까이 와서 호기심 어린 얼굴로 갸우뚱갸우뚱했다. 나는 거의 정지 상태였고, 트램펄린장 안의 모든 아이와 어른들이 나를 보고 있다는 것을 느낄 수 있었다. 그중에는 당연히 그 아이의 보호자도 있었다. 내가 어떤 행동을 취하기 전에 그 아이는 깔깔깔 웃으면서 트램펄린장을 나갔다. 그 아이의 보호자도 뒤따라 나갔다. 내 아이를 포함해 다른 아이들은 다시 신나게 뛰어놀았다. 아무 일도 일어나지 않았다. 겉으로는. 내 마음은 소란스러워지기 시작했다.

처음 그 아이의 존재를 인식했을 때 나는 겁이 났다. 혹시 다른 아이들이 그 아이의 외모를 두고 놀릴까 봐. 혹시 내 아이도 그럴까 봐. 아이들은 악의 없이 상처가 되는 말을 주고받는다. 예닐곱 살의 아이들은 외모에 대한 이야기도 서슴지 않고 한다. 아이가 보는 동화책에 등장하는 악당, 괴물, 외계인은 주변과는 다른 외모를 가진 존재로 묘사된다. 내 아이가 혹시라도 외모의 다름에 주목해 그 아이를 바라본다면, 그것을 입 밖으로 낸다면, 그 순간 폭력이 될 것이다. 아이를 어떻게 막아야 할지, 아니면 다그쳐야 할지도 알 수 없다. 그렇다고 잘 노는 아이를 데리고 나갈 수도 없다. 그것은 또 다른 차원의 배제이다.

그 아이가 내게 다가왔을 때, 나는 이러지도 저러지도 못했다. 아이가 내게 갑자기 다가온 정도는 방어 자세를 취할 만큼 지나치게 가까운 거리였지만, 혹시라도 내가 그 아이의 다름을 인식해서 거부하는 것처럼 비칠까 봐 겁났다. 나도 아이를 키우는 사람으로서, 아이의 보호자가 얼마나 당황하고 조바심 어린 눈으로 보고 있을지 알 수 있었다. 그러나 한편으로는, 이런 마음 자체가 차별이 아닌가 싶었다. 평소의 나라면 "어머! 조심해!"라고 말하며 피하지 않았을까. 위험하다고 주의를 주지 않았을까. 그것이 더 자연스러운 일 아니었을까.

10분도 채 안 되는 짧은 시간 동안 마음이 하염없이 복잡해졌다. 집 가까이에 있는 이 작은 놀이 공간이 낯설게 보였다. 그러고 보니 지하에 있는 이 키즈 카페는 계단으로만 내려올 수 있다. 휠체어를 탄 아이라면 누군가 안거나 업어야 들어올 수 있다. 무사히 입장하더라도 몸이 불편한 아이가 이용할 수 있는 놀이 기구는 별로 없다. 앉아서 공을 벽에 맞추거나, 장난감 낚시를 하거나 인형을 갖고 놀 수는 있지만, 그 공간들도 다 계단으로 구분돼 있다. 비교적 저렴한 비용으로 아이와 한두 시간을 보낼 수 있는 이 공간이 누군가에게는 높은 문턱으로 막힌, 그들만의 공간으로 보였을 거라는 생각이 그제야 들었다.

요즘 동화책에는 어두운 피부색의 공주님도 나오고, 한부모 가정의 아이도 나온다. 축구를 좋아하는 여자아이, 분홍색 옷을 입은 남자아이도 나온다. 그러나 장애를 가진 아이는 책에서나 현실에서나 잘 보이지 않는다. 나는 그저, 내 아이가 다른 아이의 다름을 발견하고 공격하지 않아서 다행이라고 안도했다.

집에 와서, 전에 썼던 글을 다시 읽었다. 장애와 공존을 주제로 쓴 글이 너무나 허접해 보였다. 현실 속에선 이렇게 당황할 거면서. 그래서 너는 그렇게 하고 있니? 그래서 너는 다음엔 어떻게 할 건데? 이 부자연스러운 모습조차 누군가에겐 폭력이 될 텐데.

인류학자 김현경은 이렇게 말한다. "우리는 환대에 의해 사회 안에 들어가며 사람이 된다. 사람이 된다는 것은 자리/장소를 갖는다는 것이다."* 환대. 자리. 내 마음속엔 나와 다른 존재들에 대한 환대가 있는가. 자리가 있는가.

내가 처음 쓴 글은 휴지통으로 들어간다. 나는 보이지 않는 존재들을 생각한다. 아이가 다른 외모를 가진 아이를 만났을 때, 다른 정체성을 가진 아이를 만났을 때 어떻게 함께하면 좋을지 생각한다. 나와 아이의 옆에 있는 다른 존재들의 자리를 생각한다. 내가 특별한 마음을 먹어야만 생기는 자리가 아니라 원래부터 그들의 것이었어야 할 자리를 생각한다. 이번 글도 부끄럽지만 지우지 않기로 한다. 지우는 대신 더 많이 부끄러워하고, 더 많이 고민하기로 한다. 내가 부끄러워하는 만큼, 고민하는 만큼 우리의 자리는 넓어질 것이라고 믿고 싶다.

* 김현경, 『사람, 장소, 환대』, 문학과지성사, 2015

이번 글도 부끄럽지만 지우지 않기로 한다.

지우는 대신 더 많이 부끄러워하고,

더 많이 고민하기로 한다.

물리 치료실에서

일주일에 한 번 정형외과에 간다. 병원에 가면 대체로 부끄러워진다. 시킨 사람도 없는데 괜히 두 손을 공손히 모으고 앉은 나를 발견한다. 찔리는 게 많다는 얘기다. "저 그래도 가끔 운동도 하고요. 종종 채식도 하고요. 스트레스도 잘 푸는 편인데요." 누가 묻지도 않았는데 마음속에서 웅변을 하고 있다. 그러다 이내 실토한다. "사실 잠은 많이 못 자는 편이에요. 술도 자주 마시고요. 속상한 일 있으면 빨리 털어버리려고 노력은 하는데 속이 좀 좁은 편이에요. (그만해…) 뒤끝도 길고요. (그만하라고…) 휴대폰도 끼고 살죠. 노트북 앞에 주로 앉아 있는데… 근데 제가 하는 일이 글 쓰는 일이라서 어쩔 수 없거든요." 자백과 변명과 억울한 마음이 자기들끼리 아우성친다. 그래 봤자 소용없다. 나의 삶은 내

몸에 고스란히 드러나 있다. 휜 허리도 틀어진 골반도 나의 하루하루가 뭉쳐진 결과다.

7년 넘게 정형외과를 다니면서 단골손님이 됐다. 좀 나아질만 하면 원래의 나쁜 버릇으로 돌아갔고 버티고 버티다 견딜 수 없을 만큼의 통증이 쌓이면 다시 병원으로 갔다. 이번에는 '4번 목뼈와 5번 목뼈 사이가 좁아져 디스크가 신경을 누르고 있는 상태'라고 한다. 엑스레이 사진을 봐도 2번과 3번 목뼈 사이가 얼마나 차이가 있는지 잘 모르겠지만 의사 선생님이 "아이구! 보이시죠. 여기 확 좁아진 거"라고 했을 때 수긍했다. 오랫동안 이어진 통증이 보이지 않는 문제를 명확하게 말해주고 있었으니까. 볼 수 없어도 느낄 수 있는, 그래서 더 겁나고 분명한 문제들 앞에선 물처럼 고요한 마음이 된다. 수술할 정도는 아니라는 것에 감사하며 몇 번의 주사 치료를 거쳐 물리 치료를 받고 있다.

대낮의 정형외과는 저녁이나 주말과는 조금 다른 분위기다. 주로 노인 환자들이 많다. 긴급한 통증 치료를 받는 분들도 있지만, 정기적으로 와서 몸의 이곳저곳을 살피고 가는 환자들이 많은 것 같다. 침대에 누워 치료를 받으며 칸막이나 커튼 사이로 나오는 이야기를 들으며 알게 됐다. 대낮의 물리 치료실은 상담소이자 고해소, 심리 치료실이라는 것을.

"어르신 오늘은 어디가 아프세요?" 어깨, 허리, 목, 팔, 다리. 오랫동안 몸의 이곳저곳을 치료받은 할머니에게 물리 치료사가 묻는다. 할머니가 답한다. "제일 아픈 건 마음이지." 물리 치료사는 당황하지 않고 말한다. "마음이 아프시구나~ 마음도 아프지만 오늘은 어깨 치료해드릴게요. 조금 나아지실 거예요." 현문현답이 오간다.

어떤 침대에서는 인생 역정이 대하 드라마처럼 쏟아진다. "그러니까 내가 전쟁통에 태어나서 잘 못 먹고 컸어. 학교도 가기 전부텀 밭에 나갔잖어…." 70년 동안 함께한 관절이 이곳저곳 왜 아픈지 알려면 70년의 삶을 이해하는 일이 필요한지도 모른다.

연락이 뜸한 아들과 며느리에게 섭섭한 마음도 흘러나온다. 그러다 전화가 오자 치료 그만 받고 밥 차려주러 가야 하신단다. 침대에 오를 때는 '아구구구' 소리와 함께 힘겨워하던 할머니는 손자 전화에 번개처럼 움직인다. 물리 치료사들은 흔한 풍경이라는 듯 놀라지 않는다. "밥 차려주고 다시 오셔야 돼요. 뛰어가시지 말고 걸어가세요." 당부하는 목소리에 애정이 묻어 있다.

억울한 마음, 어딘가에 드러내기 조심스러울 이야기들도 나온다. 치료를 받기 시작한 지 얼마 안 된 어떤 할머니는 끝나지 않는 집안일을 이야기하다 화를 터뜨린다. "인간은 그저 움직이면 다 쓰레기를 만들어. 뒤따라가면 다 쓰레기. 쓰레기야. 그걸 누가 치우냐고…." 할머니의 푸념, 아니 분노가 너무나 철학적이라는 생각을 하다가, 인간이 지구에 하는 많은 못된 짓들에 끄덕이다가, 난장판인 집을 그대로 두고 허겁지겁 나온 아침의 나를 떠올리며 괜스레 두 손을 모았다.

한 할아버지 환자는 세계사 이모저모를 술술 풀어냈다. 루이 16세의 결혼 생활과 나폴레옹의 결혼 생활, 한때 강대국이었던 오스트리아가 쇠락(했나?)한 이유. 일본과 독일이 전자 제품을 잘 만들게 된 이유와 미국의 중위 소득이 높은 이유. 그리고… 그래서… 한국이 미국의 연방 중 하나로 들어가면 좋겠다는 얘기. "요즘 젊은 애들도 다 미국 가고 싶어 하잖아요. 우리가 미국의 주로 편입되면 중국이랑 북한 애들도 우리를 깔보지 못하고 얼마나 좋아." 잘 받아주던 물리 치료사의 답변이 잠시 늦어진다. 어색한 침묵을 깨고 싶은 치료사가 애써 말을 이어간다. "그럼 우리 다 주 4일 할 수 있을까요? 허허…" 다음 대답은 잘 들리지 않는다. 정부에서 추진하는 노동 정책이 사실상 주 69시간 노동 시대를 열 것이라는 비판을 받고 있던 때였다.

우리 모두에겐 사연이 있다. 나라가 없어지더라도 힘센 나라의 보호를 받고 싶다는 할아버지에겐 할아버지만의 사연이 있을 것이다. 함부로 평가하고 싶지 않다. 다만, 그 할아버지가 남성 치료사에겐 존댓말을 하다가 여성 치료사에겐 당연한 듯 반말을 하는 것이 거슬렸다. 갑자기 역정을 내는 할아버지는 좀 전과는 다른 사람 같다. 할아버지, 미국에서도 그러시면 안 돼요.

몸을 치료하러 간 곳에서 많은 이들의 마음을 보고 만난다. 다정히 손을 잡고 치료를 받으러 오는 노부부의 뒷모습을 본다. 엄마가 마음 편히 치료를 받을 수 있도록 엄마 몰래 한 달 치 치료비를 선불로 결제하고, 그런 딸을 나무라며 미안해하는 엄마를 본다. 지방에서 기차를 타고 일주일에 한 번 진료를 받으러 오는 길이 소풍 같다며 직접 기른 감자며 고구마를 의료진들에게 나눠주는 따뜻한 마음도 본다. 그런 마음은 아픈 줄도 몰랐던 마음을 낫게 한다. 아무리 치료를 받아도 나을 것 같지 않은, 깊고 깊은 상처들도 본다.

30년쯤 뒤에 나는 물리치료실에서 어떤 말을 하는 몸을 갖고 있을까. (지금도 다리를 꼬고 앉아 구부정하게 이 글을 쓰고 있는 것을 보면 장기근속 환자가 될 가능성이 높다.) 뼈도 관절도 주인을 많이 원망하는 몸이 되겠지만 조금은 다른 이야기도 할 수 있을 것 같다. 30년 전 물리 치료실에서 아주 조금 인생을 배웠다고. 진단명으로는 다 표현할 수 없는 삶의 무게를 느끼게 됐다고. 일주일에 한 번 정형외과에 간다. 치료 외에도 조금은 다른 마음을 품고. 치료를 마치고 계단을 걸어 내려올 때 몸은 가볍지만 어쩐지 마음은 그득하다.

"제일 아픈 건 마음이지."
물리 치료사는 당황하지 않고 말한다.
"마음이 아프시구나~ 마음도 아프지만
오늘은 어깨 치료해드릴게요.
조금 나아지실 거예요."

현문현답이 오간다.

저, 사람 좋아하고
그런 사람 아닌데요

한 번만 더 하면 백만 번인 얘기를 또 하자면 나는 좋아하는 사람이 많지 않다. 열 명쯤 만나면 그중에 좋아지는 사람은 절반도 안 될 것이다. 첫인상은 좋더라도 지내다 보면 그중에선 절반이 마음의 그물에서 빠져나갈 거라고 생각한다. 그렇게 남은 두세 명도 10년쯤 지난 뒤에는 곁에 남아 있지 않을 가능성이 높다. 그래서 어떤 사람에게 호감이 가면 좋으면서도 조심스럽다. 어떤 일로 실망하고 마음을 다치게 될까 생각하다가 거리를 두자고 마음먹는다. 그래, 안전거리를 확보해서 저 사람이 싫어질 가능성을 줄이자. 그저 이만큼의 거리에서, 사람은 누구나 적당히 괜찮으니까. 내가 무슨 사람 감별사라든지, 사람에게 지독하게 상처받은 일이 많다든지 하는 것은 아니다. 살다 보니, 그렇게 되었다.

내가 타인의 마음에 들 가능성도 적다고 믿는다. 첫인상의 문은 어떻게 통과한다고 해도 시간이 지나면 뾰족한 부분들이 슬슬 튀어나올 것이고, 무례하거나 피해를 주는 선이 아니라면 그 뾰족함을 감출 생각이 별로 없고. 그렇다 보니 나다움을 포기하기보다는 미움받는 쪽을, 아니 누군가의 마음에 드는 것을 포기하는 쪽을 선택하게 됐다. 나도 좀 둥글둥글하고 털털하고 두루두루 다 잘 지내는 사람이면 좋겠지만, 아니 왜 세상에 동그라미만 있어야 해. 세모도 있고 삼각뿔도 있고 네모도 있고 오각형, 육각형도 있는 거라고 생각하게 됐다. 내가 관계를 다루는 전문가라거나, 사람들과 부딪히는 일들이 지독하게 많은 것은 아니다. 그래도 모두에게 동그라미가 될 수 있는 사람은 아니라는 것을 인정하게 됐다. 살다 보니, 그렇게 되었다.

그래서 사람들이 자꾸 "너는 정말 사람을 좋아하는 것 같아"라고 말할 때마다 당황했다.

내가…? 제가요…?

내가 좀 가식적인가. 사람을 좋아하는 것 같다는 것이

딱히 칭찬이라고 볼 수는 없지만, 사람을 좋아하는 사람은 그래도 따뜻하고 착한 사람이어야 할 것 같다. 좋은 사람을 좋아하는 것은 어려운 일이 아니지만, 사람을 좋아한다는 말을 들으면 왠지 좋지 않은 사람까지도 포용하는 사람이어야 할 것 같다. 그래서 손사래를 치거나 고개를 갸우뚱하면서 부정하곤 했다. "저, 굉장히 차가운 도시의 여잡니다."

오랫동안 그런 일이 반복되자 자연스레, "나는 사람을 좋아한다"라는 문장을 오래 마음에 두고 짚어보게 됐다.

사람을 좋아한다. 나는 사람을 좋아한다?

그러다 문득 깨달았다. '사람을 좋아한다'와 '나는 좋아하는 사람이 많다'가 같은 의미가 아니라는 것을. '나는 좋아하는 사람이 많지 않다'가 '사람을 좋아하지 않는다'와 같은 의미가 아니라는 것을. 좋아한다고 말할 수 있는 사람의 수가 많지는 않지만 좋아하는 사람들, 가족이든 연인이든 친구든 동료든, 관계를 이름 지을 수 없는 어떤 관계의 누구든, 좋아하는 사람은 정말 온 마음을 다해 좋아해왔다는 것을. 좋아하는 마음이 사라지게 됐을 때, 더이상 좋아할 수 없게 됐을 때 한동안 엉망진창이 되도록 힘들어했다는 것을. 마음을 주었던 사람은 뒤통수를 맞은 후에라도 끝까지

한 번 더 믿어보려고 애를 써왔다는 것을.

그건 사람을 좋아한다는 것일까.

다시 고개를 젓는다. 그건 누구나 그런 것 아닐까. 좋아하는 사람이 있고, 믿어보고 싶고, 그래서 상처를 받고, 타인에게도 스스로에게도 실망하고. 에잇! 사람 정말 지겨워, 나라는 인간도 정말 지긋지긋하다고 말하는 것. 그런 기대와 설렘과 후회와 상처의 무한 반복. 이건 사람을 좋아한다는 것과는 다른 말인 것 같다. 그냥 인생이다.

그래서, 문장을 조금 바꿔보기로 한다.

나는 사람이 궁금하다.
나는 당신이 궁금하다.

이렇게 바꿔 쓰니 조금 편하다. 나에게 가까워진 문장이 된 것 같다.

나는 당신이 궁금해요.
아니, 자기소개… 뭐 그런 걸 하진 마세요. 그거 세상에서 제일 어렵고 어색하잖아요. 그냥 당신의 일상을 들려줄

래요. 몇 시에 일어났어요. 일어나면 대체로 기분이 어떤가요. 어떤 사람은 아침에 제일 활기차고 어떤 사람은 아침에 제일 피곤하죠. 아침밥은 챙겨먹는 편인가요. 밥에 뜨끈한 국을 먹지 않으면 나갈 수 없는 사람, 짭조름한 김에 찬밥이라도 둥글게 말아서 먹어야 하는 사람, 과일 주스나 오트밀, 시리얼로 에너지를 채우는 사람, 진한 커피 향으로 하루를 시작하는 사람. 당신은 어떤 쪽이죠. 아, 이런. 이런 질문은 좀 촌스럽죠. 어떤 날은 밥이 필요하고 어떤 날은 바나나 한 개가 더 잘 맞는 그런 사람일 수 있잖아요.

그런데 말이에요. 아침밥 얘기만 했는데도 당신에게 한 발 다가선 느낌이에요. 그렇지 않나요. 이름, 나이, 성별, 직업, 10년 후 계획 같은 것보다 오늘 아침 당신의 풍경이, 오늘 하루 당신의 평범한 선택들이 오늘의 당신을 더 잘 말해주는 것 같아요. 내일의 당신은 또 다를지라도.

이건 실제로 내가 많이 하는 생각이다. 작은 하루하루가 쌓여서 한 사람을 만들어나간다는 생각. 이 우주는 그렇게 한 사람 한 사람의 작은 일상들이 모여 만들어진다는 생각. 그래서 이 세계를 함께 살아가고 있는 당신이 궁금하다는 생각. 지하철에서, 버스에서, 횡단보도에서, 상점에서 우연히 마주친 당신. 당신들은 어떤 이야기를 품고 있을지 알고 싶다는 생각. 당신을 좋아하게 될지는 모르겠지만, 아니 좋아할 확률은 낮겠지만 그래도 당신의 이야기를 들어보고 싶다는 생각.

사람의 작은 이야기들을 궁금해하다 보면 누구도 함부로 대할 수 없게 된다. 이건 내가 그를 좋아하고 말고와는 다른 문제다. 내가 당신을 좋아하지 못할 수도 있지만, 당신이 품고 있는 세계를 존중한다는 뜻이다. 각자의 이야기를 품고, 각자의 삶을 살아내고 있는 사람들은 모두 애처롭고 위대하다. 동그라미처럼 보이지만 사실은 동그라미가 아닌 우리들.

한 번만 더 하면 백만 한 번째인 얘기를 또 해본다. 나는 좋아하는 사람이 많지 않다. 그러나 나는 궁금한 사람이 많다. 이야기를 들어보고 싶은 사람은 많다. 기꺼이 시간과 마음을 내어 만나고 싶은 세계를 기다린다. 당신을 쉽게 안다고 말하지 않을 것이다. 좋아한다는 말은 더더욱 아낄 것이다. 나는 당신을, 당신이라는 이야기를 천천히 이해하며 소중히 읽고 싶다.

한 번만 더 하면 백만 한 번째인 얘기를 또 하자면

나는 좋아하는 사람이 많지 않다.

그러나 나는 궁금한 사람이 많다.

기꺼이 시간과 마음을 내어

만나보고 싶은 세계를 기다린다.

Chapter. 3

문을 열다

나라는 세계

'벽에 문을 그리는 사람'을

닮고 싶은 사람

"기자처럼 안 생기셨어요"

스스로의 이름으로 살아갈 수 있기를

이도 저도 아닌

오늘의 나를 이해하며
내일의 나를 맞이하는 일

누구나 들키고 싶은
비밀을 품고 살아간다

우리는 세상의 벽에
문을 그릴 거야

한 사람이 길을 걸어가다 벽을 만난다. 돌아갈까. 넘어갈까. 그러기에 그 벽은 너무 높고 단단해 보인다. 그는 벽을 바라보며 잠시 고민한다. 벽에 다가간다. 손가락으로 벽에 문을 그린다. 힘껏 문을 잡아당긴다. 문이 열린다. 그가 걸어가는 발자국마다 길이 된다. 그리고 저 멀리 또 다른 벽에 문을 그리고 있는 누군가가 있다. 그들은 서로의 존재를 확인한다. 웃는다. 거리 곳곳에 불빛이 켜지듯 새로운 문이 생긴다.

2023년이 시작된 겨울. 어떤 멋진 사람을 만나고 돌아오는 길에 나는 이런 장면을 상상했다. 벽에 문을 그리는 사람들. 벽을 만났을 때 우리가 할 수 있는 선택은 다양하다.

가려던 길을 포기하고 되돌아갈 수도 있고, 벽을 훌쩍 뛰어넘을 수도 있다. 벽에 끝이 있다면 조금 힘을 들여 길을 돌아서 갈 수도 있다. 어쩌면, 벽을 부술 수도 있다. 그 많은 방법 중에 나는 벽에 문을 그리는 상상을 했다. 뛰어넘을 수도 없지만 그렇다고 가던 길을 멈추고 싶지도 않을 때, 그런데 벽을 부술 힘은 없을 때, 어쩌면 부수고 싶지는 않을 때.

그건 해답이 아니라 그냥 상상일 뿐이잖아. 냉소를 담당하는 내 안의 내가 말했다. 맞는 말이지. 그럼 이왕 시작한 거 계속 상상이나 해볼까. 벽에 문을 그린다. 문에 손잡이도 달아준다. (자동문은 왠지 멋이 없다.) 손잡이를 천천히 돌린다. 맙소사, 열린다. 내가 그린 그림이 정말로 문이 되었다. 조심스레 한 걸음을 내디뎌본다. 조금 전까지도 길이 아니던 곳이 길이 된다. 내가 걷는 걸음마다 걷기 좋은 길이 된다.

조금 걷다 보니 슬쩍 겁이 난다. 이렇게 가도 되는 걸까. 나 어디 영 이상한 곳으로 가고 있는 건 아닐까. 벽에 문을 그린다고? 그게 정말 열렸다고? 그럴 리가 없잖아. 분명히 뭔가 안 좋은 일이 생기고 말 거야. 이렇게 잘 풀릴 리가 없어. 내 안에서 절망과 불안을 담당하는 또 다른 내가 두려운 목소리로 말한다. 아무래도 이번엔 이 친구의 말이 맞는 것 같다고 생각할 때쯤 저기 멀리 희미하게 누군가의 존재가 느껴진다. 그의 앞에도 벽이 있다. 저 사람도 손가락으로 무언가를 하고 있다. 문. 문을 그리고 있다. 그가 그리는 문은 더 크다. 손잡이를 돌린다. 문이, 또 열린다. 그가 나를 본다. 당신도 알지, 이 느낌. 네, 알죠. 당신도 그리셨군요. 문을. 고개를 든다. 주위를 둘러본다. 혼자뿐인 줄 알았던 이 길 곳곳에 문을 만들고 있는 많은 이들이 보이기 시작한다. 겁이 좀 많지만 작은 행복을 놓치지 않는 내가 속삭인다. 거봐, 혼자가 아니야. 나는 상상 밖에서도 웃고 있다. 어쩐지 상상 같지가 않다. 어쩐지 어디에선가 진짜로 일어나고 있는 일을 미리 본 것만 같다.

실은 그렇게 멋진 사람들을 진짜로 보았다. 매일 언제나 커다란 장벽을 마주하는 사람들, 그러나 쉽게 물러서지 않는 사람들, 원래 그런 건 없다고 말하는 사람들, 타인의 불행에 자꾸 마음이 가는 사람들, 내가 아니면 누가? 라고 생각하는 사람들, 당신을 잘 모르지만 당신이 괜찮으면 좋겠다고 말하는 사람들, 자꾸 넘어지고 자꾸 일어서는 사람들. 그런 사람들을 만나고 이야기를 들을 때면 벽이 물컹해지거나 무지개색으로 바뀌거나 연기처럼 사라지는 상상을 하곤 했다. 이런 사람들이 손을 잡고 걸어온 덕분에 세상이 이렇게 달라졌다고 느낀다. 그런데 어떤 사람들은 매번 너무 고독하고 어려운 시간을 견뎌야만 해서, 당신 같은 사람들이 또 있다고. 아니, 이렇게나 많다고 말해주고 싶었다.

어쩌면 나도, 그런 사람이 될 수 있을까. 벽에 문을 그리는 사람. 벽에 문을 그려보자고 말하는 사람. 그런 사람은 아주 특별하고 대단한 사람들이 아닐까.

아니. 내가 만난 '그런 사람'들은 놀라울 만큼 평범했다. 위대한 일을 하고 난 뒤에도 그들의 하루하루는 지루할 만큼 평범해 보였다. 무서운 일을 당했을 때 무서워했고, 슬픈 일을 겪었을 때 슬퍼했으며, 안타까운 일을 보았을 때 마음 아파했다. 다만, 그들은 무서워하는 것에서 슬퍼하는 것에서 안타까워하는 것에서 멈추지 않았다. 그 상식적인 마음을 간직하고 할 수 있는 일, 해야 한다고 믿는 일, 하고 싶은 일을 했다. 묵묵히.

역시. 쓰고 보니 대단해 보인다. 역시, 나는 그런 사람이 될 수는 없을 것 같다.

조금 고쳐 써본다.

'벽에 문을 그리는 사람'을 닮고 싶은 사람. 그래, 그런 사람을 닮고 싶은 사람. 나는 그런 사람이다. 우선 내 앞에 있는 이 작은 벽을 마주해보기로 한다.

누군가에게는 보이지도 않을, 누군가에게는 벽이 아닐, 어쩌면 진짜 벽은 아닐지 모를. 그러나 내 눈앞에는 단단하고 높게 서 있는 이 벽을 피하지 않기로 한다.

너는 어떤 사람이야, 너는 어떻게 살아왔어.
너는 어떤 사람이 되고 싶어, 너는 어떻게 살고 싶어.

벽이 나에게 묻는다.
내가 나에게 묻는다.

나는 벽을 바라본다.
나는 나를 바라본다.

연필 하나를 든다. 그동안 대답하길 도망치던 질문을 나에게 하기 시작한다. 작은 문이 그려진다.

벽은 너무 높고 단단해 보인다. 그는 벽을 바라보며
잠시 고민한다. 벽에 다가간다. 손가락으로 벽에
문을 그린다. 힘껏 문을 잡아당긴다. 문이 열린다.
그가 걸어가는 발자국마다 길이 된다.

어쩌면 나도, 그런 사람이 될 수 있을까.

기자님. 기자놈. 기자야. 기레기

스물일곱 살 가을에 기자가 됐다. 조금 더 정확히 쓰면 신문사 시험에 취재기자로 응시해 합격했다. 시험에 합격한 후 많은 것이 달라졌지만 가장 빠르게 다가온 변화는 나를 부르는 말이었다. 대학생에서 취업 준비생 또는 백수로 불리다 '기자'로. 몇 번이었는지 다 세기도 어려울 만큼 많은 탈락을 하면서도 다음 또 다음 시험을 준비할 만큼 되고 싶었던 직업이 이제 나를 부르는 말이 됐다는 것이 신기하고도 이상했다. 기자. 記者. 기록하는 사람. 나는 신문사에 들어가기 전에도 일기장에든 블로그에든 늘 무언가를 기록하는 사람이었는데 무엇이 얼마나 달라질지 궁금했다. 나의 삶을 기록하던 사람에서 타인의 삶을 기록하는 사람으로 살게 되는 것일까. 역사의 현장을 늘 가까이서 볼 수 있다는 것이 멋지다고 생각했는데, 나는 어떤 현장을 어떻게 기록하는 사람이 될까. 설레는 질문을 하며 출근 날을 기다렸다.

막상 기자로 불리자 그 이름이 낯설고 어색했다. 특히나 '기자님'이라는 호칭이 그랬다. 아직 취재도 기사 작성도 서툰데 어딜 가든 기자님이라고 불렸다. 그저 직업명 뒤에 '-님'이라는 접미사를 붙여 예우해주는 것이었지만, 어색하고 황송하고 불편했다. 나보다 나이가 훨씬 많은 분이 기자님이라고 부르면 눈은 갈 곳을 잃고 방황했다. 오랜만에 나간 동창 모임에서 별로 친하지 않았던 이가 "저기 기자님 오시네"라고 했을 땐 어쩐지 비꼬는 말처럼 들렸다. 처음 만난 사람이 내 직업을 듣고는 갑자기 시사 문제에 대한 의견(대북 정책이라든가 부동산 정책이라든가)을 물을 때는 '기자님'스럽지 못한 대답을 하는 스스로가 너무 바보 같아서 식은땀이 났다. 어쩌면 내가 '기자'라는 직업을 너무 대단하게 생각하는 것일지도 모르겠다고 생각했다. 선생님, 선장님, 간호사님, 판사님…. 구체적인 일의 내용이 그려지는 직업명엔 '님'이 붙곤 한다. 기자가 뭐라고. 특별하지 않은 말을 특별하게 생각하며 어색해하는 것이 더 이상하다.

'기자님'만큼이나 많이 들은 호칭은 '기자놈', '기자야'

다. 주로 이메일이나 댓글을 통해서인데 이렇게 부르는 분들은 대체로 화가 나 있다. 내 기사 때문이기도 하고, 내가 속한 회사 때문이기도 하고, 기사의 등장인물이나 사건 때문이기도 하고. 음… 때로는 분명히 화가 나 있다는 사실 외에는 원인을 알 수 없을 때도 있다. 그런 호칭을 보면 물론 유쾌하진 않다. '기자놈'이 좋은 기사를 썼을 리 없으니까. '기자야'가 등장할 때는 뭔가 더 배우고 고칠 게 많으니 훈계를 좀 들으라는 태세로 시작하는 말이 대부분이었다. 한번은 온라인에 내 이름이 들어간 안티 카페가 만들어지기도 했다. 신분이 불안정한 이주 노동자들의 이야기를 기획 기사로 내보낸 뒤였다. 그 카페에서 나는 '놈'보다 좀 더 성별을 특정하는 욕으로 불렸다. '기자X'를 공격하기 위한 여러 행동 강령들이 카페 대문에 걸려 있었다. 꽤 소심한 사람인데도 그 카페에서 부르는 말은 나를 별로 아프게 하지 못했다. 특별히 신고 조치도 하지 않고 넘겼다.

정말 충격을 받은 것은 '기레기'의 등장이다. '기자'와 '쓰레기'의 조합인 이 말은 2014년 세월호 참사 때부터 널리 쓰이기 시작했다. 당시 팽목항에 있던 유족들과 희생자들을 배려하지 않는 취재가 이뤄졌고 사람들은 그런 기자들을 기레기라고 불렀다. '배려하지 않는 취재'라는 것은 너무 온화한 표현일지 모르겠다. 견디기 힘든 비극 앞에서 오직

원하는 취재와 보도만을 목적으로 고통을 이용하려는 태도에 사람들은 분노했다. 세월호 참사의 진실이 제대로 알려지지 않는다는 비판도 기자가 기레기로 불리는 데 영향을 미쳤다. 기레기는 이전까지 기자를 향한 모든 멸칭을 단숨에 집어삼켰다. 그건 세월호 참사 이전부터 이미 많은 이들이 기자들의 취재 행태와 보도 방식에 문제의식을 느껴왔기 때문에 가능한 일이었다. 의도를 가지고 한 방향으로 편집된 보도, 진실을 왜곡하는 언론에 상처받고 고통받는 이들이 그토록 많았던 것이다.

어떤 직업에 쓰레기라는 말이 합쳐진 적이 있었던가. 무섭도록 힘이 빠지는 말이었지만, 딱히 대항할 논리를 찾기도 어려웠다. 언론의 취재, 보도 관행의 문제점은 누구보다 기자들이 제일 잘 아니까. 나도 동료들도 웃픈 용어로 기레기라는 말을 쓰곤 했다. 누군가 칭찬을 하면 "그래봤자 기레기예요"라고 자조하거나 "너 그러다 기레기 된다"라며 서로를 놀렸다.

기사를 쓸 것인가, 쓰레기를 만들 것인가. 기자는 그 사이를 오가는 직업이 됐다. 그간 내가 했던 많은 취재들을 돌아봤다. 놀이공원 사고로 아들을 잃은 유족을 찾아갔을 때, 노점을 하다 술 취한 청년에게 폭행을 당한 할머니를 만났을 때, 딸과 함께 세상을 떠나려다 실패하고 경찰서에 앉아 있던 시각 장애인 여성에게 말을 걸었을 때, 마트에서 아이에게 끓여줄 설날 떡국 재료를 훔치려다 들켜 대성통곡했던 가난한 엄마의 이야기를 들었을 때, 가진 것을 다 놓아버려야 할지도 모른다는 고민을 하고 있는 내부 고발자 앞에서… 나는 어땠을까. 그들에게 나는 기자님이었을까, 기레기였을까.

나를 부르는 말은 나와 얼마나 닮아 있을까. "기자처럼 안 생기셨어요." 이런 말을 들으면 기분이 묘했다. "기자처럼 생기셨어요"라는 말을 들어도 아마 비슷했을 것이다. '기자처럼.' 이 말 안에도 다양한 스펙트럼이 존재한다. 신문사를 퇴사하고 나서도 많은 지인들이 나를 기자라고 불렀다. "저 이제 기자 아닌데요", "신문사에서 일 안 한다고 기자가 아닌가?" 그 질문이 너무 단호하고 정확해서 답할 말을 찾지 못하고 웃었다.

초인종이 울렸다. "누구세요?", "치킨이요." 누구냐는 물음에 치킨이라고 말하는 문 뒤의 누군가를 잠시 생각한다. 요즘은 배달 앱에 "초인종 누르지 말고 문 앞에 두고 가주세요"라는 요청 사항을 남기는 경우가 더 많기에 이런 대화조차 낯설다. 치킨이라고 말하는 당신은 치킨이 아니고,

치타배송을 하는 당신은 치타가 아니고. 문 뒤의 당신을 상상하는 나는 신문사 밖에서도 여전히 묻고 싶고 쓰고 싶은 게 많은 사람이다.

나를 불렀던 많은 이름들을 생각해본다. 누군가에겐 기자님이었을, 때때로 기자놈이거나 기자야 소리를 들어도 마땅했을, 그러나 기레기는 아니었기를 바라는 마음으로. 이제 나는 나의 다음 이름을 기다리고 있다.

기사를 쓸 것인가,

쓰레기를 만들 것인가.

그들에게 나는 기자님이었을까, 기레기였을까.

나를 부르는 이름은 나와 얼마나 닮아 있을까.

테두리를 긋지 말고,
일단 질문해

초등학교 4학년 때 독후감을 하나 썼다. 무슨 책이었는지는 기억나지 않지만 학교에서 주는 상을 탔다. 선생님이 잠시 교무실로 오라고 했다. 곧 시에서 여는 과학 독후감 경시대회가 있으니 그걸 준비해보자고 했다. 학교는 글짓기 시범 지정 학교였고, 다양한 종류의 글짓기 행사들이 준비되어 있었다. 다른 학교들은 무엇을 지정받았는지 모르겠지만, 그때의 나에겐 꽤 행운이었다. 달리기나 노래, 그림, 춤, 수학이었다면 이미 그 나이에 포기하는 법을 배웠을지도 모르겠다.

얼마 후부터 한 학년 아래 후배와 둘이 일주일에 두세 번씩 방과 후에 남아 글을 썼다. 뭔가를 읽고 원고지에 쓴 뒤에 선생님에게 가져갔다. 지금 생각하면 초등학생에겐 너무 가혹한 시간이 아니었나 싶지만, 그때는 매우 즐거웠다. 글짓기 수업에 가고 싶어서 오전 시간이 빨리 지나가기를 바라며 발을 동동거렸다.

과학 독후감은 일기나 다른 독후감 쓰기와는 달랐다. 과학책엔 줄거리도 없고 특별히 멋있거나 고난을 겪는 주인공도 없으며 읽어도 이해가 될까 말까 한 이야기들이 가득했다. 이게 무슨 소리지? 싶어서 다시 앞으로 돌아가 읽고 또 읽어야 했다. 신기하긴 한데, 이게 무슨 뜻이지? 그래서 미래가 어떻게 된다는 거지? 이걸 어떻게 발명했다는 거지? 내가 아는 독후감은 책을 읽고 느낀 점을 정리하는 것인데 정리할 것이 없었다. 온통 물음표 투성이. 굳이 쓰자면 '이것도 모르겠고, 저것도 모르겠다'라고 해야 할까. 나는 선생님에게 이런 고민을 털어놓았다. 선생님은 웃으면서 얘기했다. 그걸 쓰면 되지. 네가 궁금한 것. 책을 읽고 어떤 점이 궁금해졌는지를 쓰는 거야.

그렇구나. 그때부터 내가 쓴 독후감엔 물음표가 가득해졌다. 마침표 대신 물음표를 써도 된다는 사실에 신이 났다. 고작 열한 살이 가졌던 것이지만, 글에 대해 가졌던 편견이 뻥 뚫린 것만 같았다. 질문을 해도 된다고 생각하니 책을 더 신나게 읽었고, 읽다 보니 궁금한 것들이 말풍선처럼 퐁퐁 떠올랐다. 어떤 질문들은 스스로 답을 찾게 됐다. 답을 알았다고 끝이 아니었다. 어떤 질문은 새로운 질문으로 나를 데려갔다. 선생님은 나의 무지막지한 질문 세례를 정성스럽게 다 받아주었다.

그러니까 그때 내가 방과 후 글짓기 수업에서 배운 것은 글 쓰는 법이 아니라, 질문하는 법이었다. 이것은 이래야 한다는 테두리를 긋지 않고, 마음껏 질주하는 마음. 함께 글을 썼던 후배 역시 질문이 많았는데 그 친구는 뭔가 차원이 다른 엉뚱함이 있었다. 내가 앞 문장에서 뒷 문장으로 이어지기까지의 논리를 하나하나 따져 묻는 식이라면, 그 친구는 영 다른 세상의 문을 확 열어젖히며 선생님과 나를 놀라게 했다. 우리는 시 대회를 통과해 도 대회에 나갔고, 나란히 2등상을 받았다. 아마 그것이 내 인생에서 받은 가장 높은 성취일 것이다. 우리는 상을 받고 신나게 통닭을 먹으러 갔다.

5학년을 마치고 서울로 이사를 오면서 특별한 글짓기의 시간은 끝났다. (새로 다니게 된 학교는 급식 시범 지정 학교였다. 나는 5대 영양소를 갖춰 잘 먹고 무럭무럭 컸다.) 여전히 읽고 쓰는 것을 좋아했지만 그때 이후로 어떤 질문이든 받아주는 선생님을 만나지 못했다. 쓸데없는 글을 써도 나무라지 않고 조용히 읽어주는 선생님도 만나지 못했다.

그래서 이후의 글쓰기는 정말로 방과 후의 일, 온전히 나만의 시간이 되었다. 중학교와 고등학교 때 문예 편집부실엔 재생지로 만든 학교 원고지가 가득 쌓여 있었는데 별로 좋아하는 사람이 없었다. 나는 그걸 한 움큼씩 들고 집에 돌아가 라디오를 틀고 연필이나 샤프로 일기를 썼다. 손가락 옆면이 울퉁불퉁해지도록. 과학 독후감은 아니었지만, 십 대에게도 인생은 의문투성이였으므로. 그때의 원고지 역시 물음표로 가득했던 것 같다. 다만 그때의 질문은 조금 외로웠고, 외로웠지만 포기하지 않고 묻는다는 사실만으로 위로가 됐던 것 같다. 미래의 내가 어떤 방향으로 뻗어나갈지 알 수 없어 불안하고 그만큼 또 설렜던 때였으니까.

졸업을 하고 직업을 갖고 결혼을 하고 아이를 낳은 지금, 내가 오래도록 질문하는 법을 잊고 있었다는 생각을 한다. 이건 좀 이상한 일이다. 내 직업이 질문하는 일이기 때문이다. 취재를 더 잘하는 기자도 있고 기사를 더 잘 쓰는 기자도 있지만, 기본적으로 잘 묻지 못하면 잘 쓰기가 어렵다. 잘 물으려면 그 사건이나 사람을 잘 알아야 한다. 인터뷰를 하기 전에는 보통 60~70여 개의 질문을 빽빽하게 준비하는데, 어느 날 그 질문들 중 몇 가지를 나에게 해본 뒤 멍해진 적이 있다. 답할 수 있는 게 별로 없었기 때문이다. "아무것도 하고 싶지 않을 때, 모든 것에 지쳤을 땐 어떻게 하세요?"는 나의 단골 질문인데 되받으니 아무 생각도 나지 않았다. 뭘 어떻게 하더라, 내가. 그보다 먼저 나에게 질문할 거리도 떠오르지 않았다. 내가 나를 잘 모르니까, 뭘 물어야 할지도 헤매는 것이다.

오늘 처음 본 사람, 오늘 처음 봤고 다신 안 봤으면 하는 사람, 나쁜 일을 한 사람, 좋은 일을 한 사람, 언어가 다른 사람, 존경스러워 미칠 것 같은 사람, 당장 뒤통수를 한 대 치고 싶은 사람들에게 그렇게 많은 질문을 던지며 그걸로 밥을 먹고 살았는데. 그 질문들이 적절했는지, 그걸 물을 때의 내 표정은 어땠는지 따위가 자꾸 신경쓰이기 시작했다. 그리고 왜 같은 질문들을 정작 내 자신에게는 한 번도 하지 않았을까도.

기자들 사이에선 전설처럼 내려오는 일화가 있다. 어떤 기자가 휴가 때 운전을 하며 여행을 가던 중 길을 잘못 들었는데 질문하는 게 싫어서 땅끝 마을까지 쭉 갔다는 얘기다. 아마 구전되는 과정에서 조금씩 부풀려졌을 것이고, 내비게이션이 보급되기 전의 일이겠지만 '질문하는 것이 일이 되어버린' 사람들의 모습이 그려진다. 정작 필요한 질문은 못 하고 살아가는 사람들. 꼭 기자들만의 일은 아닐 것이다. 그때그때 요구되는 것들을 따라가고 탈락되지 않으려 애쓰다 진짜로 내가 좋아하는 것, 나다운 것이 무엇인지 스스로에게 묻는 것조차 어색한 시간들을, 누구나 통과하며 살아가고 있을 것 같다.

왜 그랬어. 그때 너 왜 그랬어.

지금은 어때. 괜찮아?

그땐 그랬구나. 여전히 잘 모르겠지. 몰라도 괜찮아. 그때랑 지금이랑 달라도 괜찮아. 어차피 내일은 또 다를 거야. 오늘은 오늘 좋은 것, 오늘 하고 싶은 것을 해.

종종 어릴 적 그 선생님을 떠올린다.

선생님, 저 그래도 돼요? 이런 저라도 괜찮을까요?

"그럼. 괜찮지. 계속 물어봐. 묻는 걸 멈추지만 마."

선생님이 웃으며 답한다.

정작 필요한 질문은 못 하고 살아가는 사람들.
꼭 기자들만의 일은 아닐 것이다.

그때그때 요구되는 것들을 따라가고
탈락되지 않으려 애쓰다 진짜로 내가
좋아하는 것, 나다운 것이 무엇인지
스스로에게 묻는 것조차 어색한 시간들을,
누구나 통과하며 살아가고 있을 것 같다.

소수자라는 말

'소수자'라는 말을 쓰지 않았으면 좋겠다.

이렇게 말하는 나는 지난 20년 가까이, 누구보다도 소수자라는 말을 많이 써왔다. 처음 쓴 건 대학생 때였다. "왜 기자가 되려고 해?"라는 질문에 "멋있어 보여서"라고 차마 말하지 못했다. 그 대답은 멋있어 보이지 않았다. "내가 하고 싶은 일은 그것뿐인 것 같아서"라고도 대답하지 못했다. 뭔가 더 그럴듯한 이유가 필요해 보였다. 나에게서 비롯된 것이 아니라 타인을 향한 이유. "소수자를 위한 글을 쓰고 싶어서." 내가 발명한 말은 아니었다. 많은 언론인 지망생들이 소수자를 대변하는 보도를 하고 싶다고 강조했다. 빈말은 아니었다. 기자라면 당연히 그래야 한다고 믿었으니까.

생각을 조금 더 발전시켰다. "소수자들의 목소리가 더 잘 들릴 수 있도록 하겠다"고. "소수자들의 목소리가 다수에 묻히지 않도록 하겠다"고. 그런 말을 하면 할수록 진지해졌다. 말이 마음으로 옮겨 붙었다. 욕을 많이 하다 보면 얼굴도 정말 욕쟁이처럼 되곤 하는데(경험담), 좋은 말을 하다 보면 마음도 닮아가려고 애쓰게 된다.

소수자를 위한다는 것은 어떤 순간에도 마지막까지 붙들고 있어야 하는 기자의 사명이자 숙명 같았다. 그러니까 헌법 같은 것. 기자들의 헌법. 여기서부터 시작해야 하고, 여기로 돌아와야 하는. 기자가 된 이후에도 소수자라는 말은 내내 붙어 다녔다. 기사 아이템 발제 회의를 할 때도 소수자들을 위한 아이템은 우선권을 가졌다. 회사 내부에서 콘텐츠를 비판할 때도 소수자라는 필터가 중요했다. 요즘 소수자들을 대변하는 아이템이 너무 적은 것 아닌가요. 이건 너무 소수자들의 시각이 반영되지 않은 보도 아닌가요. 느슨해지고 게을러지려 할 때, 타사의 동료들이 쓴 소수자들에 관한 좋은 기사를 보면 다시 긴장이 됐다. 아, 나도 저런 기사 써야지.

그런 내가 소수자라는 말을 쓰는 것을 다시 생각하게 된 때는 정치부를 출입할 때였던 것 같다. 정치인들도 기자들처럼 소수자라는 말을 입에 붙이고 살았다. 법안을 만들거나 폐기할 때, 인사 청문회를 할 때, 정책을 평가할 때 언제나 소수자가 등장했다. 특히 선거 때는 소수자들 앞으로 달려갔다. "누구도 차별받지 않는 나라, 모두의 대한민국" 같은 구호와 함께 소수자들의 존재가 선거 홍보 게시물에 등장했다.

그것이 나쁘다고는 생각하지 않는다. 선거를 핑계 삼아서라도 소수자 문제에 관심을 가지고 한 번이라도 더 언급되는 것은 의미가 있다. 특히 지난 10여 년 동안, 소수자들의 이야기는 점점 더 외면하기 어려운 주제가 되었다. 소수자와는 영 거리가 멀어 보이던 정당까지도 이제는 소수자를 얘기한다. 시대의 흐름이라는 것은 무시할 수 없고, 정치인들은 특히나 눈치를 챙겨야 살아남을 수 있는 직업이므로.

그러나 선거 전에는 소수자를 위하겠다던 이들은 선거 후 '다수의 이름으로' 약속했던 것들을 쉽게 모른 척했다. "여론 조사 결과", "국민 다수의 의견이", "우리 당 지지층 대다수가" 이런 말을 하는 정치인들이야말로 그러고 보면 소수가 아닌가. 대한민국 국민 5135만 4226명 중* 국회의원 수

* 2023년 10월 통계 기준.

는 300명이다. 0.0005퍼센트에 불과한 사람들이 법을 만들고 없앤다. 다수의 뜻을 받들고 있다는 명분으로.

소수자라는 말은 그들을 정말 소수처럼 보이게 한다. 소수자들은 정말 소수인가. 정치권이나 미디어에서 대표적으로 '소수자'로 분류되는 정체성을 가진 이들을 보자. 2022년 기준 등록 장애인 수는 265만 3000명이다. 장애인들을 위한 정책이 사라지면 265만 명이 피해를 입는 것이다. 국내 거주 외국인 수는 2022년 11월 기준 225만 8248명이고, 그중 외국인 근로자 수는 40만 3139명이다. 이들을 '소수'라고 말할 수 있을까. 특히 주민등록상 여성의 수는 2023년 10월 기준 2558만 2773명이다. 공식 통계는 없지만, 동성애자, 논바이너리 등 사회가 지정하지 않은 젠더 정체성을 지닌 이들의 수는 과연 소수일까.

나의 정체성은 복잡하다. 서울에서 나고 자란 나는 지방에 비해 교육과 산업, 문화 인프라가 상대적으로 더 잘 갖춰진 어린 시절을 보냈다. 딸 둘 중 장녀로 집안에서는 아무 차별 없이 컸지만, 초등학교에 가선 여성이라는 이유로 반장이 아니라 부반장을 해야 했다. 여중, 여고를 다니는 동안에는 성차별을 거의 느끼지 못했는데, 대학에 가서는 다시 소수자가 되었다. 상경대 전체에서 여학생의 비율이 20

퍼센트밖에 되지 않았기 때문이다. 동아리나 학회 등 모임에서도 여학생의 수가 적었다. 입사할 때는 동기 여덟 명 중에 여섯 명이 여성이었는데, 당시 언론계에서 화제였다. 늘 남성 기자가 압도적으로 많았기 때문이다. '다수자'의 입장으로 입사했으나 취재 현장은 또 달랐다. 사회부, 정치부 등에는 언제나 남성들이 많았다. 특히 취재원으로 만나는 사람들 대부분은 남성이었다. 경찰, 검사, 판사, 변호사, 정치인, 교수들. 중요한 발언권을 가진 사람들은 남성인 경우가 많았고, 그들 중에는 "여기자도 많이 뽑나 봐요?"라는 말을 하는 사람도 있었다. 이제는 전문가 그룹에 여성도 많아졌고, 여성 언론인들도 많아졌다. 그러는 사이 나는 결혼을 하고 엄마가 되었는데, 엄마가 되기 전의 삶은 '전생'이 아닌가 싶을 정도로 많은 것이 달라졌다.

기자로 일하면서 특별히 '약자'라고 느껴본 적 없던 나는 어린아이를 키우면서 늘 약자의 심정이 됐다. 음식점에 갈 때, 대중교통을 이용할 때 혹시 사람들에게 민폐를 끼칠까 봐 혹은 그렇게 보는 시선에 아이가 상처라도 받을까봐 전전긍긍하게 됐다. 아이가 만 한 살이 되지 않았을 때의 일이다. 기차를 타고 부산에서 서울로 오던 중 아이가 서울역에 도착하기 1분 전쯤 갑자기 크게 울기 시작했다. 내가 아이를 안고 어르는데 다른 승객들이 주머니에서 사탕

이며 젤리며, 알록달록한 무언가를 꺼내서 (어떻게 다들 그런 걸 갖고 다니시는 건가요?) 아이에게 주며 달래주었다. 너무 고마워서 어쩔 줄을 모르고 있는데 바로 건너편 옆자리에 앉은 남성이 작지 않은 목소리로 말했다. "기차도 노키즈존 해야 돼." 그 한마디는 믿을 수 없을 만큼 쏟아진 선의를 뚫고 바늘처럼 나를 찔렀다. 그리고 지난날의 내가 떠올랐다.

화장실에서 변이 묻은 아이의 기저귀를 처리하는 엄마나 신발을 신은 채로 음식점 소파 위를 뛰어다니는 아이들을 볼 때면 한숨을 푹푹 쉬던 나. '대체 왜 저러는 거지. 왜 가만히 두는 거지' 라고 생각했다. 내가 엄마가 되니, 아이들의 용변 문제는 그 어떤 육아 전문가가 와도 완벽하게 컨트롤할 수 없으며, 아직 우리 사회에는 기저귀를 교환할 만한 장소가 많지 않다는 것을 알게 되었다. 보호자가 잘 제지하고 타이르면 좋겠지만 아이들은 상상 이상으로 빠르고 통제선을 쉽게 넘나든다. 누군가를 불편하게 할 수 있는 일들이지만, 그것이 다 누구의 잘못이라고도 의도라고도 할 수 없다는 것을 나는 엄마가 되고 나서야 배웠다.

서울, 여성, 기자, 비장애인, 엄마.

나를 구성하는 이 정체성들은 모두 복잡하다. 어떤 것은 약자로 보이고 어떤 것은 강자로도 보인다. 이제 마흔 살이 넘고 프리랜서가 된 나의 정체성은 더더욱 복잡해졌다. 나는 때때로 소수자가 되기도 하고, 다수자가 되기도 한다. 그리고 이것은 우리 모두에게 마찬가지다. 우리는 모두 복잡한 존재이며, 서로 연결돼 있다. 내가 당신이 되기도 하고 당신이 내가 되기도 한다. 어떤 정체성은 스스로 선택할 수 있지만, 어떤 것은 그렇지 않다. 우리는 지구 별에서 함께 살아간다. 소수자나 다수자가 아니라, 그저 각각의 복잡한 정체성으로. 변하지 않는 것은 하나, 우리는 모두 늙고 죽는다는 사실뿐.

소수자라는 말을 쓰지 말자는 얘기를 하려고 이렇게 긴 글을 썼다. 소수라는 것이 반드시 사회적 약자를 의미하지도 않고, 소수라서 다수에게 늘 우선권을 빼앗겨서도 안 된다. 숫자가 중요한 것이 아니라, 서로 다른 정체성을 가진 존재들이 어떻게 함께 살아갈 것인가가 중요하다. 소수자이기도 하고 다수자이기도 한 우리가 서로에게 나눠야 할 것은 시혜나 동정이나 연민이 아니다. 무시나 배척은 더더욱 아니다.

우리가 어떤 정체성을 갖고 있더라도 서로가 서로를 다치지 않게 하기를. 우리가 서로를 서로의 이름으로 부를 수 있기를. 그것이 불가능한 꿈이 아니기를. 누구도 스스로를 다치게 하거나 숨지 않고 스스로의 이름으로 살아갈 수 있기를 진심으로 바란다.

나는 때때로 소수자가 되기도 하고,

다수자가 되기도 한다.

그리고 이것은 우리 모두에게 마찬가지다.

모든 계절에 책이 있다

벚꽃이 날린다. 꽃마다 피는 계절이 다르지만 그래도 봄이면 꽃을 기대하게 된다. 지구가 아파서 3월에 눈이 내리고, 1월에 개나리가 벌써 피었다는 소식을 들은 지도 꽤 오래되었다. 이제는 우리가 알던 계절의 기준을 다르게 받아들여야 할지도 모른다. 그래서 꽃을 보고 있자면 황홀하면서도 미안해진다. 사람들이 자연을 함부로 대하는데도, 자연은 아랑곳하지 않고 아름답구나. 그 아름다움으로 인간들을 일깨우고 위로하는구나.

계절은 책으로도 온다. 연초엔 『이상문학상 수상작품집』이 나온다. 아직 새해가 시작됐다는 것을 실감하지 못하다가 서점에서 이 작품집이 나온 것을 보면 겨울의 끝자락

임을 느낀다. 『젊은작가상 수상작품집』이 나오고 출판사들의 북클럽 오픈 소식이 들리면 봄이 왔음을 체감한다. 해가 바뀌어도 미처 정리하지 못했던 마음들을, 봄을 핑계 삼아 추억 저편으로 보내준다. 새 마음을 먹어본다. 새 학기를 시작하듯 설레는 마음으로 새 계절을 시작한다.

여름의 독서는 탈탈거리는 선풍기 소리와 수박이 함께 떠오른다. 무더위에 공포 영화를 보는 대신, 추리 소설이나 판타지, SF 소설 등을 많이 찾아 읽는 편이다. 더위에 맞서기보다는 (잘 지는 편이다.) 소파에 드러누워 이야기 속으로 빠져드는 것이 현명한 피서법 같다.

가을은 이미 오래 전에 '독서의 계절'이라는 이름을 차지했다. 실제로는 가을에 책 판매량이 높진 않다고 하던데, 가을부터 이미 쓸쓸해지는 사람에게 책만큼 좋은 친구도 없다. 11월의 끝엔 노벨문학상이 발표된다. 어떤 작가의 어떤 작품이 선정되느냐 보다는 전 세계 애서가들이 설레는 마음으로 각자의 기대작을 이야기하는 것을 지켜보는 것이 즐겁다. 비슷한 책들에만 맴돌 수 있는 독서 생활에 낯선 이름의 작가와 작품들을 한번씩 찾아보는 것도 기쁨이다.

추워서 따뜻함을 잘 느낄 수 있는 계절엔 조금 더 글자

속으로 침잠하고 싶어진다. 내겐 겨울이 되면 반복하는 루틴이 두 가지 있다.

우선, 읽기를 한 번 멈추었던 책을 꺼낸다. 너무 길어서 또는 지루해서, 잘 이해가 되지 않아서 책장에 꽂아두기만 했던 책의 먼지를 턴다. 그리고 천천히 읽기 시작한다. 어떤 해에는 역사책이었고, 어떤 해에는 러시아 문학이었다. 이름은 많이 들어봤지만 읽어본 적 없는 책들도 그런 식으로 한두 권씩 용기를 냈다. 어쩐지 겨울이 되면 그런 책에 마음이 간다. 겨울잠을 준비하는 것처럼.

나이가 들수록 머리를 더 많이 쓰고 몸을 덜 쓸 줄 알았는데 반대인 것 같다. 눈에 띄게 줄어드는 체력 때문이라도 몸을 조금이라도 더 움직이려고 애쓰는데, 머리와 마음은 쓰던 대로 쓰려고 한다. 꼭 알아야 하는 것, 꼭 느껴야 하는 것들은 진학과 취업처럼 나이마다 부과된 통과의례의 시간 속에 다 해내버린 것 같고 점점 더 익숙한 것, 나에게 맞는 것(맞다고 생각하는 것), 덜 어렵고 덜 힘든 쪽을 선택하게 된다. 책도 좋아하는 작가, 비슷한 분위기의 책을 반복적으로 읽는다. 그게 나쁜 것은 아니지만, 반 발자국 혹은 한 발자국씩만 용기를 내어 내가 서 있는 세상의 경계를 조금씩 넓히고 싶다. 불필요하다고 생각했던 세계, 인연이 없다고 생각했던 세계에 책을 통해 조금씩 뛰어들고 싶다.

한 페이지를 넘기는 데에도 시간이 꽤 걸리는 책들을 다 읽고 나면 정말로 긴 여행을 마친 기분이다. 그 여행에서 무엇이 남았는지 당장은 알 수 없다. 어떤 여행은 시간을 쏟았다는 것만으로도 의미가 있다. 먼 곳을 스스로의 힘으로 다녀온 나는 이전과는 분명히 다른 사람일 테니까. 책을 읽는 것은 몸을 쓰는 일이기도 하다. 한 권의 지혜와 통찰을 공들여 읽고 나면 뇌와 위장이 어찌나 활발히 움직이는지 금방 허기가 진다.

벽돌처럼 두꺼운 책을 읽는 일은 미사를 드리는 것과 닮았다는 생각도 한다. 천주교에서 미사 시간은 여러 단계의 의식으로 이뤄져 있다. 개인적인 기도나 묵상 시간은 짧고, 인간으로서 신께 드려야 하는 여러 절차를 부지런히 진행한다. 그 의식은 지루하고 고요하다. 신부님이 전하는 말씀의 시간도 온화한 분위기다. (졸립다….) 성당을 다니기 전 개신교였던 나는 신나는 찬송도 뜨거운 통성기도*도 없는 미사 시간이 처음엔 낯설고 당황스러웠다. 한 주 동안 쌓인 마음의 찌꺼기는 대체 언제 배출하지? 그러다 여러 번 미사

* 여럿이 공동의 기도 제목을 두고 목소리를 합하여 함께하는 기도.

를 드린 뒤에서야, 층층이 계단을 오르듯 따라가는 그 시간이 끝나고 나면 마음속에서 뭔가가 스르륵 풀리는 느낌이 든다는 것을 차츰 깨달아갔다. 때로는 '이 지루한 것을 그래도 또 해냈네요. 기특하게도'라고 읊조린다. 어려운 책 한 권을 읽고 나면, 마음에 땀이 난다. 그리고 바람이 분다. 어렵게 산 정상에 올랐을 때처럼, 먼 길을 돌고 돈 뒤 내 방 침대에 누운 것처럼. 추위 속에서 온기를 느낄 때처럼.

마지막 루틴은 한 해의 마지막 날 1년 동안 읽은 책들, 구매한 책들의 목록을 정리하는 것이다. 올해는 에세이를 많이 읽었네. 작년에는 소설이 압도적으로 많았는데. 어머, 내가 이런 책을 샀었나. 일 때문에 읽은 책들, 혼자 재미로 읽은 책들, 올해 처음 알게 된 작가, 두 번 세 번 읽은 책들을 하나씩 꼽아본다. 한 해를 함께한 책들을 보면, 한 해 동안의 내 모습이 쓱 스쳐간다. 그때 그랬지. 설렜고, 즐거웠고, 실수도 많았고, 외로웠고, 화가 났고, 후회스러운 순간도 있었지만. 그 모든 계절에 책이 있어주었다. 인생의 장면마다 책이 함께해주었다. 이 책도 누군가의 한 시절을 함께할 수 있다면 좋겠다. 오르막길을 함께 오르는 마음으로, 내리막길을 너무 겁내지 않도록. 겨울에서 시작해서 겨울로 끝나는 한 해가 덜 쓸쓸하도록.

반 발자국 혹은 한 발자국씩만 용기를 내어 내가
서 있는 세상의 경계를 조금씩 넓히고 싶다.
불필요하다고 생각했던 세계,
인연이 없다고 생각했던 세계로 조금씩.
책을 통해서라도 뛰어들고 싶다.

이도 저도 아닌

그 커피집을 발견한 것은 내가 아니었다.

커피를 좋아하는 회사 선배가 "거기 생각보다 괜찮아"라고 하며 데려갔다. 앉을 수 있는 곳은 겨우 한 자리 정도. 테이크아웃을 전문으로 하는 작은 곳이었다. 선배가 '생각보다' 괜찮다고 말한 데에는 이유가 있어 보였다. 커피보다는 샌드위치나 크로플 같은 품목이 중심인 곳이었기 때문이다. 커피는 사이드 메뉴처럼 보였고 값도 저렴했다. 스페셜티 원두가 대중화되고 직접 로스팅한 원두를 즉석에서 핸드 드립 커피로 내려주는 곳도 많은 것을 생각하면 확실히 기대감을 주는 커피집은 아니었다. 맛은 '생각보다는' 괜찮았다. 한 모금을 넘긴 뒤 "와, 맛있네요"라고 말하자 사장님은 웃었다. 그 웃음에서 어떤 안도감이 보였다. 나는 다시 "진짜예요. 정말 맛있어요"라고 말했다. 사장님의 두 번째 웃음은 조금 더 편안해졌다. "휴. 다행이네요. 요즘 열심히 연구하고 있거든요. 제가 블렌딩한 원두예요. 새로 섞어봤는데 산미가 좀 지나치지 않았나 고민하고 있었거든요. 진짜 다행이네요. 손님, 커피 좋아하시나봐요."

커피를 좋아하지만, 잘 아는 건 아니라고 말했어야 했는데 왜 그랬는지 사장님을 더욱더 안심시키고 싶었다. "네, 좋아해요. 이 정도면 진짜 좋은데요. 제가 소문도 많이 내고 자주 올게요, 사장님." 그날따라 웬 오지랖이 뻗쳤는지 단골 맹세에 영업 맹세까지 하고 커피집을 나왔다.

그날은 두피가 뜨겁게 익을 만큼 더운 날이었다. 쓴 간장에 얼음을 넣어준다고 해도 일단 차가우면 감사할 만한. 그 집에서 처음 마신 것은 아이스아메리카노. 에스프레소도 아니고 폭염 속에 얼음이 잔뜩 들어간 아메리카노 한 잔으로 커피 맛을 판단한다는 것은 합리적이지 않지만, 누군가를 웃게 했다는 것이 좋았다. 나의 다정함이 누군가를 안심시켰다는 만족감을 원했던 것일지도 모르겠다. 그러니까 그 친절은 사실은 나를 위한 친절이었다.

다음 날부터 자주 그 집에 갔다. 점심 식사 후에는 주로 좌석이 있는 곳에서 커피를 마시는 편이었기 때문에 출근길에 들러 한 잔씩 사갔다. 흔한 얼굴이어선지 몇 년을 성실하게 다녀도 단골 인정을 못 받을 때가 많은데, 커피집 사장님은 첫날의 대화 덕분인지 단번에 나를 기억해줬다. “어제 새 원두가 들어와서 신선해요. 그걸로 드려볼게요. 잠깐만요.” 사장님은 여전히 원두 블렌딩을 연구하고 있었고, 나는 VIP 맛 감별사가 된 것처럼 그날의 소감을 말하는 날들이 이어졌다.

그러나 사실, 나는 한 번도 솔직한 평가를 하지 못했다. 사장님의 커피는 못 먹을 정도의 실패작은 없었지만 딱히 인상적이지도 않았다. 게다가 같은 아메리카노도 매번 맛이 달랐다. 회사 근처 작은 테이크아웃 전용 매장에 사람들이 기대하는 것은 저렴하면서도 빨리 나오고 균질한 맛이 아닐까 생각했지만, 그런 말은 어쩐지 커피를 대하는 사장님의 진심을 무시하는 것만 같았다. 발은 땅을 딛고도 눈은 하늘을 보자고 했던 시인이 누구였더라. 3천 원짜리 커피에도 최선을 다하는 사장님을 누가 왜 말려야 할까.

단골이 되면서 사장님에 대해 조금 알게 됐다. 사장님은 십 대인 딸을 키우고 있는데 친구처럼 지낸다고 했다. 남편에 대한 이야기는 하지 않았는데, 혼자 키우시는 것 같기도 하고 아닌 것 같기도 했다. 오랜만에 외국 여행을 가려고 준비하고 있는데 안 가던 여행을 가려니 어디서부터 어떻게 준비를 해야 할지 모르겠다고 했다. 어떤 분의 소개로 지금의 가게를 인수하게 됐는데, 메뉴 구성부터 맛까지 서툴고 부족한 것 같다고 했다. 나는 그때마다 평범하고 적당한 답을 했던 것 같다. "저도 엄마랑 친구 같아요. 여행… 좋은데 귀찮죠. 그래도 가시면 무조건 좋을 거예요. 커피 맛있어요. 다음엔 다른 디저트도 먹어볼게요"와 같은.

그렇게 두 달쯤 지났을까. 점점 그 커피집이 불편해지기 시작했다. 사장님이 친절해서 불편했다. 김애란의 소설 「나는 편의점에 간다」에서 자신의 정기적 생필품 구매 목록과 취향까지 알아채는 점원이 불편해 다니는 편의점을 바꿨던 주인공과 비슷한 마음이었을까. 반갑게 뭐라도 한마디를 더 건네는 사장님이 부담스러웠다. "정말 일찍 출근하시네요. 아침은 드셨어요? 피곤하시죠" 물으면 "괜찮아요. 감사합니다." 겨우 두 마디 대답을 하면 되는 것뿐인데도 그것마저 귀찮았다. "오늘 원피스 정말 잘 어울리시네요. 저도 좋아하는 색이에요." 외모 평가를 받는 느낌도 아니었고, 정말로 다정한 인사라는 것을 알면서도 "네, 그냥 아침에 옷 고르기 귀찮아서 입었어요." 한마디 설명하는 것이 괜스레 짜증이 났다. 커피집에 가는 날이 점점 줄어들다가 또 괜히 마음이 쓰여서 오랜만에 가서는, 사장님이 묻지도 않았는데 "제가 위가 아파서 한동안 커피를 못 마셨어요"라는 거짓말을 하기도 했다. 그러다 점점 발길이 뜸해졌고, 나는 비싸고 맛이 균질하며 매일 가도 나를 알아보지 못하는 커피집을 다녔다. 그런 곳은 너무 많았다.

그 사이, 커피집 양옆으로 새로운 가게들이 생겼다. 한 곳은 커피보다는 여러 가지 유기농 생과일 주스와 신선하고 다양한 샐러드로 승부하는 곳이었다. 다른 곳은 프랜차이즈 카페로 메뉴가 압도적으로 많았고 가격도 저렴했다. 나의 단골집은 아무리 보아도 경쟁력이 없어 보였다. 커피 맛에 예민한 사람이라면 천 원, 2천 원을 더 주고라도 로스팅이 훌륭한 곳을 갈 테고, 커피보다 주스나 차를 좋아하는 사람 역시 그 집에 갈 이유가 없었다. 디저트 메뉴는 한 번밖에 먹어보지 않아 잘은 모르겠지만 특별히 회자될 만한 맛은 아니었다. 그냥 그런 맛. 나쁘진 않지만 특별히 기억나지도 않는 맛. 이도 저도 아닌.

괜히 내가 다니던 커피집이 신경쓰이기 시작해서 지인들에게 "그 커피집 가봤어? 괜찮던데. 가운데에 작게 있어서 잘 보이진 않는데 사장님도 친절하고 생각보다 맛있어"

따위의 말들을 하고 다녔다. 그러면서도 나는 가지 않았고, 그러면서도 계속 신경을 썼다.

그러다 어느 날 그 커피집은 사라졌다. 불이 꺼졌고 안은 텅 비었다. 그곳을 소개해준 선배에게 물었더니 이유는 모르겠지만 가게를 그만두는 것은 알고 있었다고 했다. 사장님이 새로 인수하는 분에게 손님들이 적립 카드를 이어 쓸 수 있도록 부탁해뒀다고 했다. 며칠 만에 커피집은 마치 원래 없었던 것처럼 사라지고, 새로운 가게가 들어왔다. 밀크티를 전문으로 하는 프랜차이즈 매장이었다. 새 사장님은 친절했다. 내게 혹시 이전 가게에서 쓰던 적립 카드가 있는지 물어봤다. 나는 "없다"고 답했다. 한동안 커피도 밀크티도 유기농 생과일 주스도 먹지 않았다.

지나고 나서야 느낀 것이지만 나는 그 커피집이 나 같다고 생각했다. 이도 저도 아닌. 특별히 단점이 두드러지는 것도 아니지만, 빼어난 장점도 없는.

그때 나는 기자로서의 정체성에 혼란을 겪고 있었다. 나는 어떤 기자일까. 특종을 잘하는 기자도 아니고 대단한 문장력을 가진 기자도 아니다. 여러 부서를 경험했지만, 특별히 어떤 분야의 전문 기자라고 할 수도 없다. 자신 있게 "기사는 이렇게 쓰는 거야, 취재는 이렇게 하는 거야" 말하는 사람들을 보면 신기했다. 10년이 훌쩍 넘게 일했는데 나는 여전히 모르는 게 너무 많았다. 자신 있기보다 부끄러웠으며, 나의 취재와 기사에 오류가 있을까 봐 불안했다. 겸손하려고 하는 말이 아니라 정말 그랬다. 종종 대학이나 시민단체, 어떤 모임에서 강연을 해달라는 제안이 들어오면 도망가는 마음으로 거절했다. 자꾸만 부족한 것들이 떠올랐고, 나서서 말하다 보면 겨우 감추고 있는 것들을 다 들킬 것만 같았다. 그때의 내가 내린 결론은 이랬다. 나는 그저 그런 기자구나.

매일 원두 블렌딩을 하는 작은 테이크아웃 커피집의 사장님은 그때의 나와 겹쳐 보였다. 나도 노력을 하지 않은 건 아니야. 아주 엉망진창인 기사를 쓰는 것도 아니지. 가끔은 뿌듯한 기사를 쓴 것도 같아. 그런데 모르겠어. 그런데도 모르겠어. 커피에 좀 더 공을 들여야 할까, 디저트 메뉴에 집중해야 할까. 업종을 바꿔야 하나. 할 만큼 해본 것 같은데 왜 늘 제자리인 것 같지. 아니 잠깐. 모두가 다 애쓰며 치열하게 살아가는 세상에서 특별한 장점이 없다는 것. 그건 특별한 단점인 게 아닐까. 아무리 떠올려보려고 해도 생각나지 않는 커피 맛처럼.

아니 뭘 그렇게까지. 도시 곳곳에 '임대'라는 글자가 붙은 빈 점포들이 매일 생겨나고, 작은 가게 하나가 문을 닫는 것은 문을 닫지 않고 살아남았다는 것보다 훨씬 더 흔한 일이 된 세상이다. 회사 근처 작은 커피집이 사라진 것을 두고 내가 지나친 감정 이입을 하나 싶었는데… 생각보다 많은 사람들이 그 커피집의 사라짐을 인지하고 안타까워하고 있었다. 회사 동료 몇몇과 얘기를 나누다, 그들이 뭔가 애매한(심지어 점포 위치도 가운데 끼인) 가게의 매출을 은근히 걱정해왔다는 것을 알게 됐다. 한 건물 같은 층 옆자리에 비슷한 업종을 세 곳이나 임대를 준 건물주의 무자비한 행태를 비판하는 이도 있었다.

어쩐지 반가운 마음이 든 나는 내가 그 집을 어느 순간 멀리했다는 말은 쏙 빼놓고 "그런데 나는 이도 저도 아닌 게 꼭 지금의 나 같더라"라는 말을 던져보았다.

"아니, 뭘 그렇게까지"라는 반응이 많았지만, 이 대화는 예상치 못하게 '나도 이도 저도 아닌 사람이다' 고백으로 이어졌다. "선배도 그렇다고? 사실 나도 그래", "니가 무슨. 그건 나지." 누가 봐도 타고난 기자, 뛰어난 기자라는 소리를 듣는 이들도 그랬다. 다들 낮에는 아무렇지 않은 얼굴로 하루를 살아낸 뒤 퇴근 후엔 '이도 저도 아닌'이라고 쓰인 잠옷이라도 입고 잠드는 것처럼 조금은 쓸쓸하고 허탈한 얼굴을 했다. 다들 그렇게, 살고 있구나.

이도 저도 아닌.

그 뒤로도 나의 애매모호를 자주 떠올렸다. 그러다 생각했다. 세상에 이도와 저도밖에 없는 건 아니잖아. 그런 건 누가 정한 거지. 앗, 내가 정했네. 내가 정했어. 기자는 이래야 한다고, 이 정도 직장 생활을 한 사람이라면, 이 나이라면… 이도 아니면 저도의 사람이 되어야 한다고 내가 나를 묶어놓고 있었네. 여기까지 생각이 이르니, 이도와 저도 사이를 자유롭게 비행하며 다채로운 색깔을 뿜어내는 우아한 비행접시의 이미지가 떠올랐다.

커피집이 사라지고 얼마 뒤, 길에서 우연히 사장님을 보았다. 표정을 알 수 없는 옆모습이었다. 인사를 건네려다 말았다. 사장님은 계획하던 긴 여행을 떠나려는지도 모르겠다. 어쩌면 로또에 당첨되어서, 혹은 다른 이유로… 비슷한 업종을 세 곳이나 연이어 임대하는 양심 없는 건물주, 친절함을 주었더니 친절이 불편하다고 사라지는 심보 이상한 손님이 있는 곳에서 더이상 일하지 않아도 되는 것인지도 모르겠다. 믿고 싶다. 3천 원짜리 커피에도 진심을 다하는 사장님은 어디서든 새로운 곳에 마음을 쏟으며 살아갈 것이고 그 마음은 이도와 저도 따위가 가둘 수 없는 것이라고.

다들 낮에는 아무렇지 않은 얼굴로 하루를
살아낸 뒤 퇴근 후엔 '이도 저도 아닌'이라고 쓰인
잠옷이라도 입고 잠드는 것처럼 조금은 쓸쓸하고
허탈한 얼굴을 했다. 다들 그렇게, 살고 있구나.

나의 상세페이지를 써보자

상세페이지 : 제품의 특성이나 서비스를 자세하게 설명해주는 온라인 페이지. 나를 설명하는 낱말들로 상세페이지를 써봤다.

겨울에 태어났습니다. 크리스마스가 있는 달에 생일이 있다는 게 늘 좋았어요. 12월은 그렇잖아요. 쓸쓸하지만 다정한. 모두가 한 번쯤은 설레는 순간을 맞이하는. 크리스마스 트리의 반짝이는 불빛을 보며. 산타의 선물을 기다리며. 언젠가의 행복했던 순간을 기억해보며. 잠시라도 애틋해지는. 딱딱했던 마음이 잠시 눈처럼 부드러워지는. 한 해 동안 애쓴 나를 다독여보는. 올해도 별로 이룬 것 없지만, 새해를 기다리며 지나가는 한 해를 그립게 바라보는. 그렇게 한 해의 끝에서, 서로가 서로를 위로하고 응원하는 말들이 가득한 달에 태어났습니다.

간판들을 보며 한글을 익혔다고 해요. 거리의 많은 상점들이 한글 선생님이었습니다. 달력을 보며 숫자를 익혔고요. **글자**들이 모여서 이야기가 되는 것이 신기했어요. 사. 람. 사람은 왜 사람일까. '사'와 '람'에는 아무 뜻도 없는데, 왜 두 글자가 모이면 사람이 될까. 그런 **공상**을 하면서 어린 시절을 보냈어요. 조금 엉뚱한 질문을 많이 했는데, 다행히 저랑 비슷한 친구가 있었어요. 이름은 앤이고, 빨간 머리가 매력적인 녀석이었죠. 언젠가 앤과 함께 사하라 사막을 여행하고 싶다고 생각했어요. 생텍쥐페리가 비행기를 타고 가다 불시착해 '어린 왕자'를 만난 곳. 앤이라면 단번에 어린 왕자가 좋아할 양 한 마리를 그려줬을 거예요. 투덜거리지 않는 장미꽃도요. 어쩌면 여우와 팔베개를 하고 누워 더 많은 우주 속 이야기를 그려나갔을지도 모르겠어요.

유년 시절엔 위인전을 많이 읽었어요. 처음엔 너무 재밌었는데 읽다 보니 좀 이상했어요. 왜 위인들은 알에서 나오거나 멋진 꿈과 함께 태어나거나 어릴 때부터 특별한 재주를 가진 걸까. 부모님께 태몽을 여쭤봤어요. 평범했어요. 아무리 봐도 저에겐 특별한 능력 같은 건 없어 보였어요. 위인 따위는 되지 않겠다. 안 되는 걸로 하자. 나는 그냥 **나답게** 살자. 그게 얼마나 어려운 건지 그땐 몰랐죠.

일기를 오래 썼어요. 초등학교 때 자물쇠가 달린 일기장을 선물 받았는데 열쇠를 몇 번 잃어버리곤 자물쇠를 빼버렸어요. 잠그는 것보다는 쓰는 게 더 중요했어요. 숨기고 싶은 마음보다는 털어놓고 싶은 마음이 더 많았나 봅니다. 중학교 때도 고등학교 때도 하루 일과를 마치고 나면 라디오를 틀고 엎드려서 조용히 두 번째 하루를 시작했어요. 일기장과 함께. 셋째 손가락 옆에는 언제나 굳은살이 박혀 있었죠. 잘 쓰고 못 쓰고는 중요하지 않았던 것 같아요. 글로 쓰고 나면 구겨졌던 마음이 반듯하게 펴지는 느낌이었어요. 살면서 잘못한 일도 후회되는 일도 참 많지만, 일기를 오래 쓴 것만은 참으로 잘한 일 같아요. 참 잘했어요.

직업에 대한 고민은 별로 하지 않았어요. 그저 어릴 때부터 멋있어 보였던 것 중에서 그나마 제가 할 수 있는 유일한 일이라고 생각한 길로 걸어갔어요. **기자**. 기록하는 사람. '기'는 기록한다는 뜻이고 '자'는 사람이라는 뜻이죠. 어릴 때부터 그렇게 글자 맞추는 걸 좋아하더니, 글자들에 홀딱 넘어가서 큰 고민도 없이 중요한 결정을 해버렸지 뭐예요. 재밌었어요. 힘들었고요. 생각과 다른 일들이 많았지만,

생각보다 더 좋은 일들도 많았어요. 17년 동안 많은 사람을 만나고 많은 현장을 보았고 늘 기록이라는 것을 했습니다. 크게 고민하지 않았던 건 어쩌면 크게 고민할 필요가 없어서였을지도 몰라요. 다시 태어나도 어쩌면 같은 길을 갈지도 모른다는 생각을 합니다.

엄마가 된 건 참 놀라운 일이었어요. 우주보다 더 큰 사랑과 희생을 하는 엄마를 보면서, 나는 엄마는 절대로 못 될 거라고 생각했거든요. 아이가 저에게 찾아왔다는 것을 안 순간, 놀랍게도 아직 만나지도 못한 그 아이를 정말 사랑하게 됐어요. 이렇게 이기적이고 못난 나라도 타인을 완전히 사랑할 수 있다는 걸 배웠어요. 하지만 제 예상이 완전히 틀린 건 아니에요. 저는 너무 부족한 게 많은 엄마더라고요. 근데 저의 부족함을 놀랍게도 아이가 채워줘요. 아이도 엄마를 키운다는 것을, 엄마도 아이의 사랑을 받고 자라난다는 것을 이제 압니다. 제 엄마도 저에게서 사랑을 받는다고 느꼈을까요. 그건 희생이나 책임과는 다른, 충만한 행복으로 가득한 마음이었을까요. 그랬기를. 그냥 말로 하면 될 것을. 부끄러워서 또 이렇게 글이나 쓰고 있네요. 엄마, 사랑해. 보고 있지?

마감을 참 좋아합니다. 기자로 일할 때는 거의 매일 정해진 마감 시간이 있었어요. 스트레스를 받았지만, 가슴이 쿵쾅거리는 소리를 들으며 마감 시간에 맞춰 짠! 기사를 완성하고 나면 정말 뿌듯했어요. 동료 기자들끼리는 이렇게 말했어요. “마감은 마감 시간이 한다. 걱정 말아라.” 무슨 일이든 ‘마감 시간’만 있으면 해낼 수 있을 것 같았죠. 지금도 그래요. 아니, 지금은 마감이 없어도 쓰는 사람이 되었습니다. 글로 수다떠는 게 참 행복해요.

운전을 시작했어요. 길치이고 소심한 제가 살면서 절대로 하지 않을 일이라고 생각한 것이었어요. 어느 날 문득 못하는 것, 안 하는 것, 나답지 않다고 생각했던 것을 해보고 싶었어요. 역시, 안 하는 건 다 이유가 있더군요. 처음엔 정말 헤맸어요. 너무 무서웠고요. 아직 ‘초보 운전’ 글씨를 떼지 않고 다니는 요즘도 여전히 그렇습니다. 그래도 나다운 게 뭘까, 질문을 더 많이 하게 됐습니다. 아직 제가 가보지 않은 많은 길이 있다는 것도 알게 됐어요. 해봤다는 거, 걸어오던 방향과 다른 방향으로 눈을 돌려봤다는 거. 그것만으로도 조금은 설레는 마음입니다. 못하는 게 많은 사람이라서, 아직 안 해본 게 많아서 설레고 뿌듯할 일이 저를 기다리고 있는지도 모르니까요. 우리, 작은 것이라도 새로운 것에 도전한 스스로에게 신인상을 주면 어떨까요?

다음을 찾고 있어요. 저의 다음 페이지에는 어떤 낱말이, 어떤 장면이 쓰일까요. 생각지도 못한 슬프고 괴로운 일도 있겠죠. 어떤 날은 눈물이 뚝뚝 흘러 빈 종이를 다 적실지도 몰라요. 그래도 기다려봅니다. 생각지도 못한 기쁘고 감사한 일도 있으리라 믿으며. 천천히 또박또박. 저의 오늘을 기록해봅니다.

잠그는 것보다는 쓰는 게 더 중요했어요.
숨기고 싶은 마음보다는 털어놓고 싶은
마음이 더 많았나 봅니다.

미래 일기를 씁니다

미래 일기를 쓴다.

오늘의 일을 2~3년 뒤의 시점에서 써본다. 오늘의 일을 쓰긴 쓰는데 '그때 그런 일이 있었어'라고. 다 지나간 일인 것처럼. 오늘의 내가 아니라 과거의 내가 겪었던 일인 것처럼.

그렇게 쓰면 크게 느껴졌던 일들이 조금 작아진다. 어떤 일들은 시간이 지나면 조금 무뎌지곤 하니까. 기쁨도 슬픔도 설렘도 고통도 조금씩은 희미해지니까. 오늘의 일을 과거의 일처럼 쓰면, 오늘의 마음에도 필터가 씌워진다. 시간에 먼지가 조금 쌓인 것처럼, 선명하게 펄떡거리던 감정이 조금 바랜 것처럼. 그 일을 정통으로 통과하고 있을 때는 뜨겁게 따끔거리던 것들이 덜 쓰리게 느껴진다. 단지 과거형으로 쓰는 것만으로도 조금은 그렇게 된다. 어떤 일이든 다 지나간다는 아쉬움과 안도감이 동시에 찾아온다.

복잡한 일도 조금 덜 복잡하게 느껴진다. 미래 시점에서 일기를 쓰다 보면 나의 일인데도 제3자가 되어 누군가에게 이야기를 전달하는 것 같으니까. 조금 떨어져서, 한발 물러나서 오늘의 일을 보게 된다. 어떤 이야기를 누군가에게 전달하려면 자연스럽게 내 안에서 정리 비슷한 것을 해보게 된다. 감정에 가려져 있던 것들이 모습을 드러내기도 하고. 그러면 느끼게 된다. '그러니까 그게 그렇게까지 그런 일은 아니구나.' 커다란 바위가 작은 점이 되기도 하는… 정도는 아니지만, 주먹만한 돌 하나가 돌멩이 정도로 작아 보이는 효과는 있는 것 같다.

미래 일기는 기쁠 때보다 힘들 때 쓰곤 한다. 눈앞의 벽을 무너뜨리지는 못해도 조금 밀어보기라도 하고 싶을 때, 노트북을 켜고 '미래 일기' 폴더를 연다. 이만하면 잘 살아가고 있다고 생각했는데, 무언가 조금씩 흔들린다는 생각이 들었던 어떤 날, 늘 가던 길이 갑자기 어색하고 낯설게 느껴지던 날, 내가 나를 모르겠다는 마음이 덮쳐오던 날, 계속 이렇게 살아도 될지 겁이 연기처럼 피어오르던 날. 처음으로 미래 일기를 써봤다. 늘 쓰던 일기의 시제를 바꿔서 내가 나를, 조금은 안전한 미래의 어떤 날로 데리고 갔다.

첫 미래 일기는 그저 한 문장이었다.

"그런 일이 있었다."

두 번째 일기는 조금 길어졌다.

"그런 일이 있었는데 지나갔다."

세 번째 일기부터는 수다를 좀 떨게 됐다.

"그런 일이 있었는데 그게 어떤 일이냐면…."

미래 일기를 썼다고 좀 더 단단한 사람이 되진 못했다. 여전히 뜨겁게 아플 때가 많다. 그래도 쉼표 하나가 생긴 것 같긴 하다. 후… 일단 '그런 일이 있었어' 버튼을 한번 눌러볼까.

갑자기 인생의 터널에 들어간 느낌이 들 때,

힘을 내보고 싶은데 힘을 내자는 말도 힘이 들 때,

외롭지만 아무에게도 복잡한 마음을 털어놓고 싶진 않을 때 한 줄을 쓴다.

"그런 일이 있었어…."

미래의 내가 오늘의 나에게 주는 쉼표.

자, 잠시 또 쉼표를 만나러 간다.

늘 쓰던 일기의 시제를 바꿔서 내가 나를,
조금은 안전한 미래의 어떤 날로 데리고 갔다.
그렇게 쓰면 크게 느껴졌던 일들이
조금 작아진다. 어떤 일들은 시간이 지나면
조금 무뎌지곤 하니까.

내가 나일 수 있기를

내가 나를 만난 지도 40년이 넘었다. 걸음마를 시작하고 유치원에 들어가기 전까지의 나는 아주 흐릿해서 어른들의 구술에 의존할 수밖에 없다. 그때의 내가 어땠는지를 듣고 있자면, 구전 설화 주인공 같다. 설화 속 아이는 대체로 미화되기 마련이어서, 커가며 '그랬던 나는 어디로 갔는가…?' 스스로 묻곤 했다. 이 궁금함은 민들레 씨앗처럼 퍼지고 퍼져 여러 문장들로 자라났다.

나는 원래 어떤 사람인가. 여기서 원래라는 것은 언제까지를 말하는 것일까. 지금의 나는 원래의 나라고 볼 수 없는 것인가. 나다운 것은 무엇일까. 과거의 나와 오늘의 나 중에 진짜 나는 누구인가. 그 질문들에 대한 답은 거울 속

(귀여웠던 아이는 어디로 갔는가)이나 성적표 속(영특했던 아이와 어딘가로 함께 갔구나)에선 찾을 수 없었다. 나를 아는 것은 어느 순간 타인에게 의존할 수 없는 영역이라는 것을 깨달았다. 나를 낳고 길러준 부모님에게서도, 성장기엔 강력한 영향력을 미치는 선생님과 친구들에게서도 나를 완벽하게 찾을 순 없었다. 그래서 나는 누구보다 나에게 물어야 했다. 나는 어떤 사람이냐고.

나를 알면 알수록 나는 내가 이상했다. 시대마다 유행하던 심리 테스트가 너무 어려웠다. A or B, Yes or No 사이에서 어느 쪽도 확실히 답하기가 어려웠다. 이런 테스트들은 구체적인 상황을 주고 그때 내가 어떤 선택을 하는지, 어떤 쪽에 끌리는지 고르게 할 때가 많은데 명확히 답하기가 어려웠다. 나는 어떻지…? 어떻더라? 처음에는 내가 나를 너무 모른다고 생각했다. 같이 테스트를 해보던 친구가 "너, 이렇잖아"라고 말해주면 그 말을 듣고 답을 체크할 때도 있었다. 아닌데, 나 꼭 그런 건 아닌데. MBTI 같은 테스트를 할 때도 비슷했다. 질문들이 훨씬 더 복잡해졌지만, 그만큼 나도 더 복잡한 사람이 되었다. 아, 나는 그런 사람이구나. 이럴 수도 있고 저럴 수도 있는, 럴수럴수한 사람이구나. 그렇게 생각하고 나니 마음이 조금 편해졌다. 나는 흐르고 있구나. 물처럼. 어제의 나와도 조금은 다르게.

그렇다고 질문이 멈춘 것은 아니다. 오늘의 나를 살피는 일이 필요했다. 물처럼 흐르고 바뀌는 나. 그런데 오늘은 어떠한지. 오늘은 어떤 모양으로 어디를 흐르고 있는지 묻고 살펴야 했다. 그건 내가 나와의 관계를 지키는 일이었다. 알면 알수록 참 이상해서 적응이 안 되지만, 그래도 내가 나를 포기하지 않기 위해. 사려 깊은 연인처럼. 어떤 잘못도 받아 안을 준비를 마친 부모처럼, 내게 없는 용기와 응원을 나눠줄 친구처럼 나는 끊임없이 나에게 물었다. 오늘은 어때. 뭐가 좋았니. 뭐가 힘들었니. 그게 왜 좋았어. 왜 힘들었어. 그랬구나. 그래서 그랬구나. 나는 친구에게 털어놓듯 나를 털어놓았다. 친구의 얘기를 듣는 것처럼 나를 들었다. 그랬구나. 그렇구나. 오늘의 나는, 너는 그런 사람이구나.

기운이 없는 날은 방바닥에 누워(이럴 땐 바닥을 좋아하는 사람이라는 것은 확실하다) 이런저런 질문을 던져보지만, 손가락 하나 꼼지락할 기운이라도 나면 대체로 책상 앞에 앉는다. 노트북이나 노트를 연다. 그리고 적는다. 하나의 완성된 문장을, 나에게로 향하는 정확한 질문을 만들어 보낸다. 키보드를 부술 기세로 분노의 타이핑(키보드 자판 중 '1'과 '8', 'ㅆ'와 'ㅂ'이 유독 빨리 닳아 없어지는 선배가 있었다. 욕도 잘하고 일도 잘하는 멋진 사람이었다)을 할 때도 있었고, 종이에 알아볼 수 없게 휘갈길 때도 있었지만 그렇게 나온 말들은 마음을 어루

만지는 글이 되지 못했다. 노트북 여기저기, 노트 여기저기 뿌려진 핏자국처럼 아프고 처참해 보이기만 했다.

그래서 되도록 정성스러운 하나의 문장과 그런 문장들로 이뤄진 한 편의 글을 쓰려고 노력한다. 글이라는 것은 이상해서, 어떻게든 주어와 서술어를 맞춰 쓰고 나면 쓰기 이전보다는 마음이 정갈해진다. 주어가 서술어로 이어지기까지의 시간 동안, 어지러워진 마음이 어떻게든 조금은 궤도를 찾고 반듯해진다. '나는 오늘 엉망진창이었다'라는 엉망진창 문장도 그렇다.

'나는
오늘
엉망진창이었다'
를 쓰며 생각한다.

내가 오늘 엉망진창이었나. 무엇 때문에 그렇게 느꼈지. 엉망진창이라고까지 할 수 있을까. 근데 엉망진창이 무슨 뜻이었더라. 그러고 보니 엉망이랑 진창이랑 되게 귀엽네. 운이 좋으면 이런 장난 같은 공상으로도 빠질 수 있다.

이렇게 쓰면, 구불구불했던 마음을 조금 반듯하게 펼

수 있다. 적어도 내가 알아볼 수 있는 문장으로. 그러고 나면 내가 마주한 상황이 조금 덜 어렵게 느껴진다.

어느 날은 이런 일기를 썼다.

"마음을 왜 먹는다고 말할까. 마음도 먹으면 몸의 일부가 되는 걸까. 하느님, 제가 받아야 할 벌이 있다면 이번에 왕창 주고 완전히 쓰러뜨리세요. 저는 기어코 일어나 좋은 마음을 먹고 좋은 사람이 되겠습니다."

왜 마음을 먹는다고 표현할까. 궁금했다. 기쁨을 먹다. 슬픔을 먹다. 이렇게 표현하지는 않는데 어쩌다 마음을 먹는다는 말이 여태 자연스럽게 쓰이게 됐을까. 애를 써서 마음을 먹고 나면 그저 휘발되는 것이 아니고 몸의 어딘가에 기억되고 기록되는 것이 아닐까. 나의 일부로 남는 것이 아닐까. 그러니까 좋은 마음을 먹으면 나도 조금은 좋은 사람이 되는 것일까. 바로 어떤 행동으로 나아가지 못해도 자꾸자꾸 좋은 마음을 먹어버릇하면 좋은 마음이 나의 일부가 될까. 이렇게 생각하면, 조금 안심이 된다.

마음을 먹기 전에 일단 마음을 쓴다. 마음을 먹자는 마음부터 써본다. 어떤 이에게 마음을 쓰듯이, 나에게도. 마음을 기울여 그의 기쁨과 슬픔에 공감하듯, 나에게도 마음을 써본다. 그렇게 쓰여진 마음들이 글이 되면, 나는 그것이 나답다고 느낀다. 쓰면 가질 수 있고, 쓰면 지울 수 있다. 그것이 내가 나일 수 있기를 바라며, 나와의 관계를 지키는 가장 쉬운 방법이다. 오늘의 나를 이해하며 내일의 나를 맞이하는 일. 글 속에 답은 없지만 길은 있다. 나에게로 가는 길. 멀어 보이지만 실은 가장 가까이 있는 그 길을 오늘도 걸어본다.

그렇다고 질문이 멈춘 것은 아니다.

오늘의 나를 살피는 일이 필요했다.

물처럼 흐르고 바뀌는 나. 그런데 오늘은 어떠한지.

오늘은 어떤 모양으로 어떤 곳을 흐르고 있는지

묻고 살펴야 했다. 그건 내가 나와의 관계를

지키는 일이었다.

누구나 들키고 싶은 비밀을 품고 있다

할머니는 버스 정류장에 앉아 있었다. 버스가 도착하자 할머니는 일어나 걸어왔다. 나에게로. "이거 종로 가는 거 맞아요?" 그렇다고 답하고 우산을 씌워드렸다. 비가 많이 오는데 할머니의 우산은 접혀 있었다. 우리는 차례로 버스에 올랐다. 먼저 올라간 할머니가 주머니에서 교통카드를 꺼내는 동안 먼저 카드를 태그하고 뒷문 앞자리에 앉았다.

빈자리가 많았는데, 할머니는 내 옆자리에 앉았다. "친절한 아가씨가 있응게. 옆에 좀 앉을라고." 할머니는 활짝 웃으며 말했다. 나도 웃으며 살짝 고개를 숙여 인사했다. "나는 종로 4가를 가야 허는디, 아가씨는 어디성 내려요?" 저는 광화문에서 내려요. 무선 이어폰을 귀에서 뺐다.

할머니는 오른쪽 손가락을 쭉 펴서 보여줬다. "내가 여기 둘째 손가락에 묵주 반지가 있었는디, 자기 전에 빼서 침대 옆 모서리에 따악 잘 걸어놨는디, 아, 일어나서 보니까 어디로 가고 암만 찾아도 없어. 왜 그럴 때 있잖유. 분명히 집 안 어~딘가에 있을 거야. 저기 구석에 떨어졌는지 안 보이긴 하는디 집에 있긴 있을 거라는 건 알어. 근데 내 눈엔 안 보여. 그러니 어떡혀. 허전해서 새로 하러 지금 금은방 가는 거여."

아, 가톨릭이시구나. 성당에 안 간 지 오래된 나는 조금 뜨끔한 마음이 되었다.

할머니의 오른손 검지 마디가 조금 하얘 보였다. "여그 보이죠. 허옇게 자국이 있잖여. 내가 분명히 침대 옆에 걸어놨는디. 근데 이거 보여요?" 할머니는 이번엔 약지에 낀 반지를 가리켰다. 거북이 모양의 금반지였다. "이거 우리 막내딸이 사준겨. 여기 가방이랑 옷이랑 이것도 애들이 다 해줬어. 나도 우리 집에서 막낸디, 우리 큰 언니가 엄마 같았어. 지금꺼정 살았으면 좋았을 텐데. 인자 나만 남았어. 내가 아들하고 딸하고 이렇게 다섯이 있거든. 우리 딸은 목동 살아요. 근데 우리 애들 여울 때도 내가 저기 종로 4가에 있는 금은방에 가서 다 맞췄어. 그게 한 번 가니까 거기로만 가게 되더라고요."

경계 없는 이야기가 계속됐다. 할머니가 잃어버린 묵주 반지와 영롱한 금 거북이 반지와 막내딸, 세상을 떠난 큰 언니. 그리고 다시 금은방.

"내가 올해 팔십이어요. 우리 오빠가 동두천 살았거든요. 근데 오빠네 첫째랑 둘째 결혼시킬 때도 그 집에 가서 했어. 그담부터 나도 자연스럽게 거기 가게 되더라고요. 없어진 묵주 반지도 거기서 한겨. 우리집 근처에도 금은방이 있는디, 이상하게 잘 안 가지게 되는 거여. 그런 거 있잖유."

네, 한 번 갔던 곳이 편하죠.

왜 그럴 때 있잖유. 그런 거 있잖유. 한국에서 최소 30년은 살아야 나눌 수 있을 것 같은 고급 한국어 구문이 반복됐다.

"근데, 나는 유 씨예요. 아가씨는 성이 어떻게."

저는 장 씨예요.

"아이고 그렇고만. 장 씨. 아이고. 친절하고 참으로. 고마워요."

아니에요. 제가 광화문에서 내릴 건데 저 내리고 나서

네 번째 정거장에서 내리시면 돼요. 종로 1가, 2가, 3가, 4가. 숫자대로 기억하시면 돼요. 안내 방송이 나올 거에요.

"응. 여기는 어딘가아?"

여긴 충정로예요.

"그렇구먼. 근데 내가 부운명히 침대 옆에 반지를 놔뒀는데 그게 어디로 갔을까. 참 알 수가 없는 일이에요. 금은방이 종로 4가에 있는데, 꼭 거기만 그렇게 가게 되더라고요."

같은 이야기를 네 번쯤 더 한 할머니는 고려홍삼 캔디와 커피 캔디 네 개를 가방에서 꺼내 내 손에 꼭 쥐어주었다.

"아이고 참으로 친절하시고. 너무 고마워요."

아니에요. 정류장 지나치지 마시고 꼭 잘 내리세요. 안녕히 가세요.

할머니는 다시 활짝 웃었다. 나는 내렸고, 우리는 그렇게 헤어졌다. 아마도 할머니는 내가 걸어가는 뒷모습을 오래 바라보았을 것 같다. 나는 걸어가는 내내 할머니가 종로 4가에 잘 내렸을까를 생각했다. 그 금은방은 사라지지 않고 거기 있을까. 할머니는 하얘진 손가락에 꼭 맞는 묵주 반지를 다시 맞췄을까. 혹시 집으로 돌아가, 분명히 집 안 어딘가에 있으리라 믿었던 반지를 찾진 않았을까. 언젠가 할머니와 나는 버스 정류장에서 다시 만날 수 있을까. 그런 생각들이 그날, 나의 하루를 조금 다르게 만들어주었다.

아무것도 아닌, 어쩌면 금세 잊혀질 하루의 한 장면이었지만. 할머니가 반지를 잃어버려서, 허전해진 할머니가 반지를 새로 맞춰야겠다고 생각해서, 같은 시간에 우리가 한 버스를 탔고 할머니가 내게 말을 걸어주어서 나는 할머니의 이야기를 간직하게 됐다.

우리가 조금 더 오래 함께 있었다면, 나는 어떤 이야기를 듣게 되었을까. 반지와 금은방과 이제는 다른 세상에 살게 된 형제자매들과 할머니에게 고운 선물을 준 딸들의 이야기를 더 들었을까. 남겨진 이야기는 나를 웃게 했을까. 아니면 울게 했을까.

여든 살이 된 나는 버스 정류장에서 만난 누군가에게 어떤 이야기를 하는 사람일까. 나는 묵주 반지 말고 어떤 것을 잃고 찾으려는 사람이 되어 있을까.

누구나 들키고 싶은 비밀을 품고 살아간다. 그 비밀은 꼭 부끄러워 숨어 있는 것은 아니다. 그 비밀은 너무 크고 무거워 가라앉아 있는 것만도 아니다. 그 비밀은 아무것도 아닐지도 모른다. 어쩌면 다만, 우리에겐 아직 말하지 못한 이야기가 있다. 누가 묻지 않아서, 누가 듣지 않아서, 내가 나에게 묻지 않아서, 나조차 나에게 귀기울이지 않은 비밀들.

그 비밀은 아직 내 안에서 때를 기다리고 있다.

사람들이 곁을 스쳐간다. 모르는 사람들. 표정을 알 수 없는 사람들. 표정만으로는 알 수 없는 사람들. 각자의 기쁨과 슬픔을 지니고 살아가는 사람들. 당신은 어떤 이야기를 품고 있을까. 비밀을 간직한, 아직 쓰여지지 않은 당신에게 이 글을 보낸다.

우리에겐 아직 말하지 못한 이야기가 있다.
각자의 기쁨과 슬픔을 지니고 살아가는 사람들.

당신은 어떤 이야기를 품고 있을까.

Epilogue

문 뒤에서

낮에 쓴 우렁찬 마음,

밤에 털어놓은 연약한 마음

당신을 상상하며 이 글을 쓴다.

당신은 언제 이 글을 볼까. 출근길 버스나 지하철에서. 아니 그럴 리 없다. 요즘 공공장소에서 책 읽는 사람을 목격하는 일은 희박하다. 책은 지니고 다니기에 만만한 상대가 아니다. 작은 책이라도 결코 가볍지 않다. 종이는 쉽게 구겨지고 찢어진다. 비나 눈이라도 오면 젖을까 두렵다. 한 번 젖은 책은 원래의 모습으로 돌아가지 않는다. 책 말고도 당신에겐 중요한 것이 많다. 어쩌면 환경과 약간의 비용 절감을 위해 책과 비슷한 무게의 텀블러를 챙기는 것이 나을지도 모른다. 책은 자신의 경쟁 상대가 물이나 커피를 담는 통이 될 것이라고는 상상하지 못했겠지만, 그건 텀블러도 마찬가지다. 우리는 결코 우리의 운명을 알지 못한 채로 세상에 나온다.

책의 불편함은 무게에만 있지 않다. 고개를 숙이고 읽으면 목 건강에 좋지 않다. 목은 허리와 연결돼 있다. 책 읽는 사람 중엔 목과 허리 디스크를 앓는 사람들이 많다. 이 사람들은 반성이라는 것을 모른다. 아니, 반성하는 척하고 정형외과를 나와 다시 책을 사러 간다. 반성하지 않는 자신을 위장하기 위해 척추 건강에 관한 책 하나쯤을 추가로 살지도 모른다. 그러곤 목 건강에 좋은 독서대 같은 것을 산다. 누워서 책을 볼 수 있게 도와주는 보조대도 있다. 바보들. 목과 허리는 그렇다 치고 눈과 손목은 어쩌려고. 움직이지 않는 만큼 두꺼워지는 뱃살은 어쩌려고. 책이 삼겹살이나 초코케이크만큼 당신을 살찌울 수 있다는 것을 당신은 모른다. 책은 그토록 교활하게 무해한 얼굴을 하고 있다.

나는 오래도록 가방에 책을 넣고 다녔다. 아니 이 문장은 정확하지 않다. 나는 늘 가방에 책을 넣고 다닌다. 과거형이 아니라 현재 완료… 미래 완료라고 해야 할까. (영문법 책을 사야 할 이유가 방금 생겼다.) 대체로 뭘 빠뜨리고 다니는 것이 일상이지만, 책을 빠뜨리는 일은 별로 없다. 깜빡하면 반드시 되돌아가서 갖고 나온다. 휴대폰과 태블릿 피시로 볼 수 있는 전자책으로 충분하지만, 마음은 충분하지 않다. 네가 없으면. 책이 곁에 없으면.

여기까지 읽어준 당신에게 존경의 마음을 전하고 싶다. 당신이 이 글을 읽고 있는 이유는 다음 중 하나일 것이다. 지금까지 읽은 시간이 아까우니 도대체 결국 뭐라고 하나 보자는 마음 혹은 우리 엄마나 편집자님일 것이다. 아무튼 진심으로 존경한다.

나는 쓰는 마음과 읽는 마음을 이야기하고 싶어서 이

글을 시작했다. 쓰려고 보니 번거로운 데다 척추 건강까지 위협하는 책이란 존재에 수고를 아끼지 않으며 읽어줄 당신이 고맙다. 그런 당신을 상상하며 책을 좋아하는 내 마음도 슬쩍 털어놓고 싶었다.

혹시 당신이 이 책에서 어떤 답을 구하고 있을까. 벌써 미안해진다. 많이 미안해진다. 그런데 실은 나도 그런 사람이다. 인생의 터널에 빠지면 책 속으로 숨어들어 이곳저곳을 헤집고 다닌다. 사람들은 내가 고요히 앉거나 누워 글자를 읽고 있다고 생각할 수도 있겠지만, 사실 나는 마음에 들어선 불덩이를 어쩌지 못해 오두방정을 떨며 책 속을 뛰어다닌다. 제발 불 좀 꺼주세요. 존대어는 금세 힘을 잃고 나는 제법 무례해진다. 야, 이 책놈들아. 내가 그동안 너에게 바친 돈과 시간과 체력과 마음이 얼마인데 답을 좀 내놓으라고. 이 뻔뻔한 놈들아. 그렇게 몸과 마음의 힘을 다 빼고 지치면, 어떤 책이 희미하게 눈에 들어온다. 그 책은 마치 전 세계를 찾아다녔지만 사실 처음부터 내 방에 있었던 파랑새처럼, 아무래도 안 되겠다며 포기하고 마음을 비운 심마니 옆에 슬쩍 모습을 드러낸 산삼처럼 거기에 있다. 거기서 이렇게 말한다. 자, 이제 읽어봐. 이렇게 말할 때도 있다. 정 맘에 안 들면 네가 써보든가.

눈치채셨을지 모르겠지만, 나는 지금 이 책을 쓰게 된 마음에 대해서 갑자기 털어놓고 있다.

느닷없이 쏟아지는 폭우 속에서 우산 하나가 필요한 마음에게,

마음이 쩍쩍 갈라지는 사막에서 신기루라도 좋으니 누가 물 한 모금 주었으면 하는 이에게,

뭘 하는 것도, 안 하는 것도 다 지겨운, 지겨운 마음도 지겹다고 말하기 지겨운 지겨움에게,

종일 아무렇지 않은 척하고 돌아다니다가 혼자 있는 방에서도 괜찮지 않다고 말하는 것이 어색한 바보에게

'저기, 이거나 읽어보든가' 하는 마음으로 글을 썼다. 낮에 쓴 우렁찬 마음도, 밤에 털어놓은 연약한 마음도 그저 부끄럽고 부끄럽지만, 부끄러움을 견디고 살아남아 이것들이 기어이 책이 되었다면, 그래서 지금 당신을 만나게 되었다면 그 고마움으로 나는 목을 펴고 허리를 펴고 다시 마음을 펴고 새로운 글을 쓰고 싶다.

지친 당신을 오래 기다려왔다는 듯이
뻔뻔하게 웃겨줄 만한 글을.

오늘의 부끄러움은 내일의 나에게 맡긴 채.

자, 이제 모두 책을 덮고 하늘을 봅시다.

감사의 말

한 사람의 삶이 타인들의 사랑과 연대, 우정으로 채워지듯 이 책도 많은 이들의 도움으로 만들어졌습니다.

이가현 편집자님과 추운 겨울 만나 우리가 세상을 바라보는 방식과 어떤 글을 좋아하는지, 어떤 글이 세상에 필요할까 얘기하던 날부터 이 책은 시작됐습니다. 그날 나눈 몇 시간의 대화가 좋아서 집에 오자마자 글을 썼고, 그 글이 이 책의 프롤로그가 되었습니다. 책의 마지막까지 함께해준 이화령 편집자님과 스튜디오 고민 두 분께도 깊은 감사를 전합니다.

저는 늘 책 속에서 사는 아이였습니다. 손 닿는 곳마다 책이 있던 집에서 읽고 쓰고 생각하는 즐거움을 알며 살게 해준 부모님께 그 시간이 참 행복했다고 말씀드리고 싶습니다. 제가 쓰는 글들과 저의 일을 언제나 뜨겁게 좋아해주시는 부산 부모님과 최고의 벗 남편, 소중한 저의 딸에게도 사랑의 마음을 전합니다.

그리고 당신.

말로 다 할 수 없는,
글로 다 할 수 없는 이야기를 품고 있는 당신들을 생각하며
이 책을 썼습니다.

읽어주셔서 감사합니다.
더 즐겁게 더 행복하게 오래오래 쓰겠습니다.

다정하고 늠름한 마음을 담아
장은교 드림

Editor's letter

앞만 보고 달리다 보면, 주변이 하나도 안 보이죠. 그런데 이 책을 만들며 작가님을 만나고, 이야기를 나누는 순간마다 주위를 바라볼 수 있었어요. 작가님이 바라보는 곳을 보니 내 손을 잡고 있는 사람이 누구인지, 누가 저기서 울고 있는지 보이더라고요. 사람을 궁금해하기를 포기하지 않는, 다정하고 단단한 시선. 그 시선 덕분에 제 세상이 조금은 넓어진 것 같습니다. **현**

장은교 작가님이 "저 사람 좋아하고 그런 사람 아닌데요." 말씀하셨을 때, 겉으론 웃었지만 속으론 '거짓말!!!' 하고 생각했어요. (아, 겉으로도 "거짓말!!!"하고 뱉었던 것 같기도 하고요….) 작가님은 아주 작은 것에도 자연스럽게 눈길을 주고 귀기울이는, 제 눈엔 대단한 사람이었으니까요. 그런데 그것은 작가님의 타고난 재능이기도 하지만 성실한 실력이기도 하다는 것을, 원고를 읽으며 깨달았습니다. 누군가를 궁금해한다는 것이 나를 살리는 일이 될 수도 있다는 것도요. 대단한 동시에 평범하고, 평범하지만 그래서 또 대단한 당신. 오늘도 궁금함을 잃지 않고 사람이라는 세계를 탐험 중인 우리. 모두 응원합니다. 정말 고맙습니다. **령**

오늘도 당신이 궁금합니다.

1판 1쇄 발행일 2023년 12월 25일

지은이 장은교
발행인 김학원
발행처 (주)휴머니스트출판그룹
출판등록 제313-2007-000007호(2007년 1월 5일)
주소 (03991) 서울시 마포구 동교로23길 76(연남동)
전화 02-335-4422 **팩스** 02-334-3427
저자 독자 서비스 humanist@humanistbooks.com
홈페이지 www.humanistbooks.com
시리즈 인스타그램 instagram.com/_jabang
디자인 스튜디오 고민 **용지** 화인페이퍼 **인쇄** 삼조인쇄 **제본** 해피문화사

자기만의 방은 (주)휴머니스트출판그룹의 지식실용 브랜드입니다.

ISBN 979-11-7087-090-6 (03810)